하북팽가
검술천재

하북팽가 검술천재 20

2023년 10월 20일 초판 1쇄 인쇄
2023년 10월 25일 초판 1쇄 발행

지은이 이도훈
발행인 강준규

기획 이기헌 왕소현 임동관 박경무 강민구 조익현
책임편집 주현진
마케팅지원 이원선

발행처 (주)로크미디어
출판등록 2003년 3월 24일
주소 서울시 마포구 마포대로 45 일진빌딩 6층
Tel (02)3273-5135 **Fax** (02)3273-5134
홈페이지 rokmedia.com **E-mail** rokmedia@empas.com

값 9,000원

ISBN 979-11-408-1150-2 (20권)
ISBN 979-11-354-7650-1 04810 (세트)

ROK
MEDIA
로크미디어

이도훈 신무협 장편소설

하북팽가
검술천재

20

차례

선묘도 (2)

허공에 뜬 용린검법의 책장에 주르륵 글귀가 나타났다.

[무림 칠대기보 중 세 가지를 획득했습니다.]
[무림 칠대기보를 획득함으로써 보상이 주어집니다.]
[용린검법의 숨겨진 설명을 확인하십시오.]

용린검법은 허공에서 반짝이며 마치 사람처럼 친근하게
설명하고 있었다.
한빈은 조용히 아래쪽을 내려다봤다.
용린검법이 말하는 설명이 아래에 쓰여 있었다.

[보상은 무림 칠대기보를 일정 숫자 모았을 때 주어집니다. 완벽한 용린검법을 완성하기 위한 안배입니다.]

한빈은 자신도 모르게 입을 벌렸다.
바로 다음에 재미있는 내용이 이어졌다.

[용린검법의 책장 중 하나를 확장할 수 있습니다.]
[지금 선택하시겠습니까?]

친절하게 의향을 묻는 허공에 뜬 비급.
한빈은 가볍게 고개를 저었다.
지금은 비급에 집중할 수 있는 상황이 아니었다.
그러고 보니…….
한빈은 재빨리 고개를 돌렸다.
상자를 건넨 팽강위의 눈썹이 꿈틀대고 있었다.
그 모습에 한빈은 재빨리 나지막이 말을 이었다.
"아버님, 죄송합니다. 제가 그만 벅차오르는 감정에……."
팽강위가 손바닥을 보이며 한빈의 말을 끊었다.
덕분에 한빈은 말을 맺지 못했다.
한빈은 대충 이 상황이 어떻게 돌아가는 건지 알 것 같았다.
가주 팽강위는 아들의 공로를 위해 선물을 내렸다.

그것도 황궁에서 내린 선물을 그대로 전한 게 분명했다.

그런데 한빈은 멍하니 다른 곳을 보고 있었다.

이것은 하북팽가의 예법에서 벗어나는 일이었다.

공을 세운 사람이 한 사소한 실수 정도는 넘기는 것이 맞지 않느냐고 묻는 이도 있을 것이다.

하지만 팽강위는 공에 대해서는 상을.

실수에 대해서는 질책을 내리는 수장이었다.

한빈은 최대한 미안한 표정으로 팽강위를 바라봤다.

호통의 강도를 낮추기 위함이었다.

그때였다.

팽강위의 손이 한빈의 손을 덮쳤다.

마치 용이 여의주를 잡듯 눈 깜짝할 사이에 그의 손이 덮쳐 왔다.

한빈은 고개를 갸웃했다.

손을 으스러뜨릴 만큼 한빈이 잘못한 것은 아니었다.

그런데 왜?

한빈이 긴장하고 있을 때, 팽강위가 입을 열었다.

"네가 이렇게 좋아할 줄을 몰랐다. 안에 내용물이 뭔지도 모르고 그렇게 당황해하다니……. 이 아비는 감격스럽구나!"

팽강위의 눈가가 촉촉해졌다.

이것은 팽강위의 진심이었다.

한빈은 그제야 그와 자신 사이에 오해가 생겼음을 알아차렸다.

용린검법을 확인하던 도중 생긴 감정의 변화를 팽강위는 오해한 것이 분명했다.

한빈은 재빨리 고개를 저었다.

"아버님이 주신 선물이니, 안에 무엇이 들어 있든 무슨 상관이 있겠습니까? 저는 아버님의 마음만으로도 가슴이 터질 듯합니다."

"그러고 보니 내가 네게 준 것이 미흡하구나."

팽강위가 손아귀에 더욱 힘을 주자, 옆에서 지켜보던 팽대위가 재빨리 그를 말렸다.

"형님, 한빈이 손이 터지겠습니다."

"아, 내가 이런 실수를……."

그들의 대화에 한빈이 손을 내저었다.

"괜찮습니다, 아버님."

"어서 안을 확인해 보아라. 황궁에서 내려온 물건이다."

"괜찮습니다. 이게 어떤 물건이든 고이 간직하겠습니다."

"……."

팽강위는 말없이 한빈을 바라봤다.

뭔가 할 말이 많은 눈치였다.

그 모습에 한빈이 마지못해 말을 이었다.

"그럼 일단 상자를 열어 보겠습니다, 아버님."

재빨리 상자를 연 한빈은 눈을 크게 떴다.

상자 안에는 적색과 청색의 검이 있었다.

무림 칠대기보 중 적색과 청색의 검이라?

분명 진사쌍검이 분명했다.

진사쌍검의 검신은 뱀처럼 구불구불하다.

검날도 없이 뱀의 몸통과도 같은 검신을 가지고 있어 이 검으로는 누구를 해칠 수도 없을 것 같았다.

거기에 진사쌍검은 단검도 장검도 아닌, 중검의 크기였다.

한빈이 진사쌍검을 살피고 있을 때, 팽강위가 말을 이었다.

"이 검은 진사쌍검이라고 한다. 그러니까……."

팽강위는 진사쌍검에 관한 이야기를 이어 나갔다.

전설에 의하면 이 검은 사람이 만든 것이 아니라고 한다.

오래전 천년 묵은 두 마리의 이무기는 한날한시에 용이 되려 했다고 한다.

하지만 둘은 먼저 하늘로 올라가 용이 되려고 싸우게 되었다고 한다.

같이 올라가도 되는데, 올라가는 통로가 하나였기에 먼저 올라가겠다고 싸운 것이다.

사이가 좋았던 이무기도 선착순 앞에서는 다툼이 있을 수밖에 없었던 것.

그때 한 남자가 등장해서 둘의 시시비비를 가려 주고 사라졌다고 한다.

그 남자는 도를 구하기 위해 간다는 말만 남긴 채 홀연히 사라졌다.

그 후 두 이무기는 사라진 남자를 좋아하게 되었다.

둘은 용이 되기 위한 승천은 뒷전에 두고 서로 동쪽으로 가기 위해 싸웠다고 한다.

즉, 누가 먼저 남자를 찾으러 가느냐를 두고 싸운 것이다.

두 이무기는 백 일 동안 쉬지 않고 싸웠지만, 승부를 내지 못했다.

문제는 두 이무기가 싸우면서 중원이 물바다가 되었다는 점이었다.

두 이무기의 싸움은 인간계를 넘어 천상에까지 알려지게 되었다.

물론 천계는 그들의 만행을 그냥 두고 보지 않았다.

그 벌로 두 마리의 이무기는 볼품없는 쇠붙이가 되었다고 한다.

그 쇠붙이를 다시 주워 간 것은 두 이무기가 사랑한 남자.

그 남자의 정체는 도를 구하기 위해 중원을 떠돌아다니는 도인이었다.

그 도인은 쇠붙이를 가져가 검으로 만들었고, 자신이 몸담은 거처에 그 검을 봉인시켰다.

도인의 이름이 왕중양이라고도 하는 자도 있지만, 이것도 정확하지는 않다고 한다.

그저 이름 높은 도인이라고 한다.

중요한 점은 그 도인이 청사검과 적사검을 남겨 둔 채 등선한 것이다.

도인이 등선한 후 청사검과 적사검은 보름달이 뜨는 날이면 울부짖는다고 한다.

여기까지가 진사쌍검에 얽힌 전설이었다.

설명을 마친 팽강위는 입을 손으로 막으며 헛기침했다.

"험."

그 모습에 한빈은 눈을 가늘게 뜨며 물었다.

"아버님, 표정이 좀 이상하시네요."

"그게, 이 진사쌍검에는 비밀이 있다."

"비밀이라니, 전해져 내려오는 전설 말고 또 다른 이야기가 있다는 겁니까?"

"이건 절대 밖으로 새어 나가서는 아니 되는 이야기다."

말을 마친 팽강위는 눈썹을 꿈틀하더니 기막을 펼쳤다.

한빈은 갑자기 바뀐 팽강위의 태도에 재빨리 진지한 모습으로 고개를 끄덕였다.

"명심하겠습니다, 아버님."

"이걸 어떻게 말해야 하나 모르겠지만……."

"그냥 편하게 말씀해 주십시오."

"그래, 그럼 편안히 말하마. 사실 이 진사쌍검은 가짜다."

"네?"

한빈은 눈을 크게 떴다.

진사쌍검이 가짜라니!

이것은 말이 되지 않았다.

용린검법이 진짜라고 확인까지 해 줬는데 가짜일 리는 없었다.

한빈의 표정을 본 팽강위가 그럴 줄 알았다는 듯 헛숨을 터뜨렸다.

"아무리 하북팽가의 공로가 막대하다고는 하지만 황궁에서 진짜 무림 칠대기보를 내려 줄 리가 없지 않으냐?"

"하긴 그렇지요."

"심증만이 아니다. 강유찬 대인이 슬쩍 말을 흘리고 가시더구나. 전설에 의하면 보름달이 뜨면 검명이 울려야 하는데, 이제까지 이 진사쌍검에서 검명이 울린 적은 한 번도 없다더구나."

"아, 그러면 이건 가짜가 맞군요."

"그것뿐이 아니다. 검명이 울리기는커녕……."

팽강위는 살짝 말끝을 흐렸다.

그 모습에 한빈이 재촉하듯 물었다.

"다른 문제가 있습니까? 아버님."

"황궁 보고 근처에 있던 황자 하나가 자꾸 환영을 본다더구나. 덕분에 황궁에서는 이 검을 보검이 아닌 귀검으로 판단했다고 한다."

"귀검이요?"

"쉿, 목소리를 낮추거라. 기막을 펼쳤어도 자칫하면 목소리가 새어 나갈 수가 있다. 일단 우리는 진짜 진사쌍검을 받았다고 생각해야 한다."

"네, 알겠습니다."

"혹시라도 무슨 일이 생기면 꼭 내게 알리거라."

팽강위는 진사쌍검이 왜 하북팽가로 왔는지에 대한 정치적인 설명도 곁들였다.

미운 놈 떡 하나 더 준다는 것은 황궁에서 통하지 않는 말이었다.

미운 놈한테는 저주받은 귀검이 제격이었다.

계속되는 공로로 하북팽가는 황궁에서도 주목을 받는 무림세가가 되었다.

하지만 빛이 있으면 어둠도 있는 법.

황궁의 정치 세력 중 몇몇 사람에게 미움을 받는 것이 바로 하북팽가였다.

그 때문에 이렇게 귀검을 받게 된 것이라 팽강위는 설명했다.

한빈은 팽강위의 미안한 표정이 이제야 이해되었다.

귀검을 아들에게 줘야 한다니, 한숨이 나오는 상황이었다.

팽강위는 조용히 한빈의 눈을 바라봤다.

순간 팽강위는 입을 벌렸다.

눈빛을 보니 한빈은 진심으로 자신에게 감사하고 있었다.

귀검이라는 것을 알고도 저런 마음을 갖다니!

잔잔한 파문이 가슴에서부터 번져 나갔다.

물론 한빈의 마음은 진심이었다.

발 벗고 뛰어다니면서 찾는 것이 바로 무림 칠대기보였다.

용린검법을 완성할 수 있는 것도 무림 칠대기보이기 때문
이다.

이제 한빈이 취한 무림 칠대기보는 세 개.

유림 서원에 단서가 있다고 하니, 네 개는 손에 쥔 것이나
마찬가지였다.

거기에 무림 칠대기보의 숫자에 따른 특별한 보상도 있었
다.

다음 날 아침.

한빈은 북경 근처에 있는 유림 서원으로 향하기 위해 하북
팽가의 문을 나섰다.

하북팽가의 정문 앞에는 한두 명이 아닌, 많은 사람이 한

빈을 기다리고 있었다.

　사부인 홍칠개와 강남 사도련주인 독고진도 팔짱을 끼고 한빈을 바라보고 있었다.

　한빈은 그들을 향해 작게 포권했다.

　"사부님, 련주님. 잘 다녀오겠습니다."

　한빈은 둘에게 동시에 인사했다.

　독고진도 소홀히 할 수 없는 것이, 자신을 돕기 위해 나섰다가 죽을 뻔한 이였다.

　거기에 사적으로는 끈끈한 동업자였다.

　그다음으로는 종남흑선과 아미백선이 기다리고 있었다.

　그들과 인사를 나누던 한빈이 물었다.

　"두 분은 진짜 돌아가시려는 건가요?"

　"사문으로 돌아가 벌을 받는 것이 맞겠지요, 팽 공자."

　"그럼 흑선의 의향도 똑같습니까?"

　"맞네. 사문이 내리는 합당한 죗값을 받고 파문을 요청할 것이네. 그리고 다시 돌아오겠네."

　"돌아오다니요?"

　"우리가 갈 곳이 어디 있겠나? 그냥 천수장에서 신세 좀 지겠네."

　"아, 그런 계약 조건이 바뀌는데……."

　"하하, 자네답군. 그럼 잘 다녀오게."

　"네, 알겠습니다. 그럼 두 분은 보중하십시오."

한빈은 그들에게 진심을 담아 고개를 숙였다.

흑선과 백선은 본의 아니게 무림에 해를 끼쳤다.

아마 사문에서 그들에게 내리는 벌은 만만치 않을 터였다.

사문에 돌아가 죗값을 받겠다는 것은 완벽한 정파인으로 돌아왔다는 뜻이었다.

한빈은 작게 한숨을 쉬며 마차에 올랐다.

그때였다.

누군가 다급하게 마차로 다가왔다.

가만히 보니 흑미랑과 백미랑이었다.

그중 백미랑이 다급하게 고개를 내밀었다.

"팽 공자님."

"무슨 일이십니까?"

"무림 칠대기보 중 하나가 있는 곳을 알아냈어요. 칠대기보 중 진사쌍검이에요."

"혹시 황궁 아닌가요?"

"헉, 어떻게…….."

"다 아는 법이 있습니다."

"흠, 다른 물품에 대한 다음 행방은 반드시 우리 하오문이 알아낼게요. 기다려 주세요."

"감사합니다. 백 소저, 흑 소저."

한빈이 살짝 고개를 숙이자, 백미랑과 흑미랑의 뒤에서 누군가 웃었다.

그것은 다름 아닌 광개였다.

광개는 지금 하오문과 싸움에서 이겼다고 생각하며 자신 만만해 있었다.

천수현갑의 단서가 될 선묘도에 대한 행방을 밝혔으니, 이 번에는 개방의 승리가 맞았다.

반대로 하오문은 이를 갈고 있었다.

역시 무한 경쟁 체제는 확실히 강호를 발전시키는 원동력 이었다.

덜그럭.

마차가 출발하자 한빈은 팔짱을 끼고 오른쪽에 다소곳하 게 놓인 상자를 바라봤다.

지나가다 줍다

한빈이 지금 처리해야 할 것은 두 가지였다.

한 가지는 진사쌍검에 대한 처리였다.

남은 한 가지는 이번에 얻은 보상, 즉 책장의 추가를 어디에 사용하느냐였다.

책장의 추가는 실력편 혹은 응용편, 융합편에 사용할 수 있다.

문제는 지금 가장 필요한 곳이 셋 중 어딘지를 모른다는 점이었다.

한빈은 일단 이 문제에 대해서는 보류하기로 했다.

필요한 상황이 오면 추가하는 것이 이치에 맞았다.

생각을 마친 한빈은 상자를 열었다.

상자를 열자 구불구불 기괴한 모양의 검신이 모습을 드러
냈다.

바로 적사검과 청사검이었다.

한빈은 청사검을 들어 쓱 훑어봤다.

그러고는 서책 하나를 펼쳤다.

서책을 쭉 살펴본 한빈은 고개를 끄덕였다.

한빈이 지금 살펴본 서책은 다름 아닌 유림 서원의 규칙이
었다.

순간 한빈은 팽강위의 부탁을 떠올렸다.

유림 서원 내에서는 무력을 사용하지 말라는 당부였다.

유림 서원에서 무를 가르치지 않는 것은 아니지만, 자신의
몸을 지키는 수준이었다.

한빈도 그 규칙에 대해서는 대충 알고 있었다.

유림 서원에서 무력을 사용했다가는 가문 간의 싸움으로
번지기 딱 좋았다.

무림세가끼리야 비무라는 핑계로 힘의 고하를 겨루지만,
유림 서원은 근본부터 달랐다.

검으로 힘을 겨룬다기보다는 혀로 힘을 겨루는 곳이라고
봐야 했다.

뭐, 상황이 모두에게 평등한 것은 아닐 것이다.

강호에서도 그렇듯 그곳에서도 예외는 있을 테니까.

유림 서원에서는 분쟁이 생기면, 서원 생도들끼리의 유혈

사태가 아닌 대리 비무의 형태로 진행한다고 들었다.

거기에 호위 무사를 제외한 사람은 병장기를 소지할 수 없었다.

그렇다고 적사쌍검을 그냥 창고에 박아 놓기도 뭐하니 방법은 하나였다.

"청화야, 이건 청사검이라고 한다. 일단 맡아 두거라."

"고, 공자님, 이걸 왜 제게……."

"이건 무림 칠대기보 중 하나인 진사쌍검 중 한 자루다. 내가 믿을 수 있는 사람이 누가 있을까?"

"무, 무림 칠대기보 중 하나라고요? 대체 공자님은 무슨 생각으로 이 검을 제게……."

다시 말끝을 흐리는 청화.

한빈은 유림 서원에서는 생도의 병장기 휴대가 금지라고 솔직하게 말할 수는 없었다.

그것은 그녀의 감동을 파괴하는 일이었다.

한빈이 말없이 계속 검을 내밀자, 청화는 더는 사양하지 않고 청사검을 받아 들었다.

반대쪽에서는 설화가 고개를 삐죽 내밀고 있었다.

이건 모이를 기다리는 아기 새와도 같았다.

한빈은 설화를 바라보며 적사검을 건넸다.

"이게 백사검이었으면 설화와 어울렸을 텐데 아쉽구나. 이건 네게 맡길 테니 잘 보관해 줘."

"네, 공자님. 목숨이 끊어져도 이 검만은 제가 지킬게요."

생긋 웃는 설화는 마차 안에서 뭔가를 찾았다.

한참을 뒤적이던 설화는 재빨리 보따리 하나를 옆자리에 올려놓았다.

보따리에서 나온 것은 설화의 간식인 당과였다.

설화는 의리 있는 아이였다.

자신이 좋아하는 당과만이 아닌 떡도 들어 있었다.

설화는 당과를 하나 집더니 한빈을 바라봤다.

"공자님, 드실래요?"

"하하. 괜찮다, 설화야."

그때 청화가 손을 내저으며 떡 하나를 집어 들었다.

"언니, 공자님은 떡을 더 좋아해요. 그렇죠, 공자님?"

양쪽에서 당과와 떡이 한꺼번에 날아왔다.

한빈은 지금이 용린검법의 책장 추가를 선택하는 일보다 더 힘들다고 느꼈다.

이것은 아비가 좋냐 어미가 좋냐 하는 것과 비슷한 질문이었다.

한빈이 하북팽가를 떠난 지 한 시진 후.

대규모의 인원이 하북팽가에서 멀어졌다.

그들은 다름 아닌 개방과 하오문 그리고 아미백선의 일행이었다.

거기에 더해 이번에 지대한 공을 세워 하북팽가의 위상을 높였던 적혈맹호대도 그들의 본거지인 천수장으로 돌아갔다.

경비 무사는 허탈한 표정으로 썰물처럼 빠져나가 휑한 하북팽가의 앞을 바라봤다.

점심시간 때문에 정문을 지키는 무사는 그 혼자밖에 없었다.

조금 전까지만 해도 저곳에서 강호 영웅들이 왁자지껄 담소를 나누고 있었다.

그런데 지금은 풀벌레 우는 소리도 들리지 않았다.

멍하니 앞을 바라보는 경비 무사의 귓가에 낯선 음성이 들려왔다.

"이렇게 모두가 떠나니 마음이 휑하지 않은가?"

그 목소리에 경비 무사는 재빨리 뒤로 물러나 박도를 잡고 경계 태세를 취했다.

그것도 잠시, 경비 무사는 눈을 크게 떴다.

바람에 휘날리는 매화를 보았기 때문이다.

그것은 진짜 매화 꽃잎이 아니었다.

바람에 흩날리던 상대의 소맷자락에는 매화 문양이 가득 차 있었다.

어찌나 수를 잘 놓았는지 매화 향기가 풍기는 듯한 착각마

저 들었다.

살살 불어오는 바람에 앞머리가 살짝 흘러내리자 그는 마치 고매한 수법을 쓰듯 검지와 중지로 앞머리를 잡고 뒤로 넘겼다.

경비 무사가 외쳤다.

"화산의 매화낙조다! 아, 서 대협 아니십니까?"

매화낙조는 세간에 잘 알려진 화산파의 조법이었다.

경비 무사의 물음에 사내가 빙긋 웃었다.

"다행히 알아보는군."

그는 다름 아닌 서재오였다.

서재오는 흡족한 표정으로 경비 무사를 바라봤다.

그 모습에 경비 무사가 손을 내저었다.

"어떻게 매화검협을 몰라봅니까? 그건 말도 안 됩니다."

경비 무사의 말은 진심이었다.

다른 이는 몰라도 매화검협 서재오만은 모를 수 없었다.

하북팽가에 머무는 동안에 얼마나 티를 내고 다니는지, 무사에서 시비까지 모두 그의 별호를 기억하고 있었다.

예를 들어 대협이라 칭하면, 눈을 찡긋하며 '매화검협이라네.' 하며 자신의 별호를 밝히는 것이 그였다.

하지만 얄밉지만은 않은 게, 기분만 맞춰 주면 그의 품에서 철전이 술술 나왔다.

문 앞에 있는 경비 무사도 지금 군침을 삼키는 중이었다.

경비 무사는 서재오의 머리부터 발끝을 싹싹 훑었다.

그러고는 기쁨에 찬 눈으로 입을 열었다.

"매화검협 대협, 제 눈이 이상한지 오늘따라 매화 꽃잎이 더 많아진 것 같습니다."

"허허, 눈썰미가 보통이 아니군."

서재오가 흐뭇하게 웃었다.

이것은 사천당가와 하북에서 세운 공 덕분에 받은 매화였다.

이제 더 이상 매화가 들어갈 자리도 없었다.

사실 매화를 추가한 무복을 화산파에서 보내오기로 했지만, 서재오는 극구 사양했다.

대신에 하북의 유명한 점포에서 매화를 손수 추가했다.

그 결과물이 지금 소맷자락에 가득 차 있는 매화 꽃잎이었다.

"저리 많은 매화는 처음 봅니다. 눈앞에 두고도 몰라본다면 사람이 아닙죠."

"자네, 혹시 참은 챙겼는가?"

"그게……."

살짝 말끝을 흐리는 것이 핵심이었다.

노골적으로 목적을 드러냈다가는 앞선 입에 발린 소리가 묻힐 수도 있었다.

경비 무사의 마음이 통했는지 서재오는 품속에서 전낭을

꺼냈다.

순간 경비 무사의 눈이 커졌다.

그가 든 것은 철전이 아니라 은전이었다.

그는 마른침을 삼키며 은전이 자신에게 오기를 기다리고 있었다.

그때였다.

어디선가 거친 말발굽 소리가 들려왔다.

타다닥.

타다닥.

자세히 보니 크기로 봐서 말이 아니라 사람이었다.

누군가가 황토색 먼지구름을 일으키며 무지막지한 속도로 하북팽가의 정문을 향해 달려오고 있었다.

서재오는 은전을 들고 경비 무사는 목을 빼고 기다리는 상황에서 나타난 불청객.

경비 무사는 자신도 모르게 힘껏 소리쳤다.

"대체 어떤 놈이 매화검협 앞에서 경거망동이냐!"

앞으로 박도를 내민 경비 무사는 뒤쪽으로 손을 뻗었다.

그러고는 서재오가 들고 있는 은전을 가까스로 잡았다.

은전을 품에 넣은 경비 무사는 이를 악물고 서재오의 앞을 지켰다.

달려오는 기세가 심상치 않았다.

감히 하북팽가 앞에서 드잡이질을 칠 인간은 지금 강호에는 없었다.

하지만 그것은 경비 무사의 착각이었다.

먼지구름을 일으키며 다가오는 괴인은 속도를 줄이지 않았다.

먼지구름이 가까워짐에 따라 막대한 기세가 느껴졌다.

그 기세의 폭풍이 경비 무사를 덮쳤다.

경비 무사는 마혈을 제압당한 것처럼 석상이 되어 버렸다.

그때 먼지구름이 걷히고 사내가 모습을 드러냈다.

그의 소매에는 조그마한 태극 문양이 새겨져 있었다.

그를 본 서재오가 눈을 크게 떴다.

"현문 어르신, 여긴 어쩐 일이십니까?"

"사형의 부탁으로 팽 공자를 찾으러 왔네."

여기서 현문의 사형이란 다름 아닌 무당파의 태극검제를 말한다.

한빈에게 태극칠성보를 전수했던 바로 그 태극검제 말이다.

태극검제가 현문에게 부탁한 것은 하나였다.

다른 곳에 가지 않고 사천당가에 남아 있으라는 것.

숨은 뜻은 한빈이 태극검제가 남긴 일곱 걸음을 해석하는 것을 도우라는 것이었다.

하지만 한빈은 그 일곱 걸음을 통째로 뜯어서 마차에 싣고 사천당가를 떠났다.

그 후 사천당가를 찾아온 태극검제는 망연자실 강북을 바라봤다.

현문이 잠시 지난날을 떠올리고 있을 때, 서재오가 말했다.

"팽 공자는 떠났습니다."

"떠나? 그럼 천수장이란 곳으로 가 봐야겠군."

"팽 공자가 향한 곳은 천수장이 아닙니다."

"그럼 대체 어딘가?"

현문이 급한 듯 재촉하자 서재오가 재빨리 말을 이었다.

"유림 서원으로 떠났습니다. 마차를 타고 떠났으니 빨리 출발하면 따라잡을 수 있을 겁니다."

"험, 내가 부탁해도 될까? 서 대협."

"아무래도 저는……."

그때였다.

현문이 갑자기 주먹을 말아 쥐었다.

순간 그의 주먹에서는 목탁 소리와도 같은 관절 꺾이는 소리가 들려왔다.

딱. 딱.

동시에 서재오가 표정을 굳혔다.

"아, 알겠습니다. 현문 어르신. 제가 모시지요."

"그럼 출발하게."

말을 마친 현문은 손으로 앞을 가리켰다.

동시에 서재오가 바람처럼 앞으로 달려갔다.

그 뒤를 현문이 따르는 것은 당연할 일.

그제야 굳었던 경비 무사의 몸이 풀어졌다.

그는 재빨리 손에 든 은전을 확인했다.

"감사합니다, 매화검……."

경비 무사는 말을 잇지 못했다.

분명히 서재오가 들고 있었던 것은 은전이었다.

그런데 자신의 손에 있는 것은 철전이었다.

망연자실 철전을 바라보던 경비 무사는 입을 벌렸다. 그는 자신이 앞을 경계하는 사이에 서재오가 은전을 철전으로 바꿔치기했다는 것을 꿈에도 몰랐다.

부자란 그런 것이었다.

베풀 때 베풀더라도 한도를 넘어서서 돈을 쓰지는 않아야 했다.

그것이 만금 전장의 후계자인 서재오가 어렸을 적부터 받아 온 교육이었다.

이제는 그 교육에 더불어 계약서의 중요성까지 깨닫고 있었다.

일주일 후.

마차는 시원하게 큰 원을 그리며 잔도를 달리고 있었다.

잔도란 높은 산에 길을 내기 어려우니 산 옆에 덧대어 만든 길을 말한다.

　사실 중원의 발전은 잔도와 함께했다고 봐도 되었다.

　잔도의 발전은 각 지역의 물자가 원활하게 움직일 수 있게 만드는 활력소였다.

　하나, 그 활력소인 잔도는 사실 알고 보면 전쟁의 산물이었다.

　사람을 죽이기 위한 물자를 실어 나를 목적으로 만든 길.

　하지만 지금처럼 평화의 시기에는 이 잔도 덕분에 사람이 먹고살고 있었다.

　덜그럭, 덜그럭.

　잔도의 위를 지나는 마차 소리가 오늘따라 유난히 크게 들리는 것은 왜일까?

　물론 이것은 설화의 생각이었다.

　설화는 조용히 마차 밖을 바라봤다.

　설화가 한빈과 다니면서 발전한 것은 무공뿐이 아니었다.

　살수 특유의 감각도 이전보다 몇 배는 발달해 있는 상태였다.

　그런 설화가 밖을 보면서 불길함을 느끼고 있었다.

　그때 한빈이 작게 말했다.

　"어디선가 혈향이 흘러들어 오네."

　혈향(血香)이라는 말에 마부의 옆에 앉아 있던 악비광이 고개를 불쑥 내밀었다.

"형님, 혈향이라니요?"

"아니, 강호인이 무슨 혈향이라는 말에 그렇게 놀라나?"

"여기까지 오면서 잔뜩 긴장시킨 것이 형님 아닙니까? 그래 놓고 지금 모른 척하시면 어떻게 합니까?"

"내가 언제 긴장시켰다고 그래?"

"아니, 여기까지 오면서 이리저리 방향을 바꾸라고 한 게 형님이잖아요."

악비광의 굵은 눈썹이 막 건져 올린 생선처럼 파닥파닥 뛰었다.

그 모습에 한빈이 이곳까지의 여정을 떠올렸다.

사건이라고 할 것까지는 없었다.

하지만 자신을 따라오는 기척이 멀리서 느껴지는데, 어떻게 가만있을 수 있겠는가?

추격하면 따돌리든가, 기다렸다가 적의 멱살을 움켜쥐어야 하는 것이 강호의 도리였다.

한빈은 전자를 택했다.

지금은 살짝 쉬어 가야 했기 때문이다.

두 번째 삶의 기회를 얻으며 이제까지 너무 숨 가쁘게 달려왔다.

암제와 금선 그리고 지선과의 대결이 끝나지 않았다면 함정을 파 놓고 기다리자는 제안을 했을 것이다.

하지만 지금은 조용히 유림 서원까지 가고 싶었다.

그런데 짙은 혈향이 바람에 묻어 왔다.

한빈이 아니었다면 누구도 눈치채지 못할 향이었다.

악비광이 웃기만 하는 한빈의 모습에 못 참겠다는 듯 다시 물었다.

"형님, 혈향이 난다는 것은 근처에서 사달이 벌어졌다는 이야기 아닙니까? 제가 재빨리 다녀오겠습니다."

악비광이 옆에 있는 마부에게 고삐를 넘기더니 장창을 쥐고 마차에서 뛰어내렸다.

파바박.

그러고는 순식간에 시야에서 사라졌다.

그의 발소리가 점점 멀어지자 설화가 물었다.

"악 공자님 혼자 괜찮을까요?"

"아마도……."

"공자님, 그렇게 무책임한 발언을 하시면 어떻게 해요?"

"내가 언제?"

"악 공자님은 위험을 무릅쓰고 달려갔는데, 가만히 있으면 그게 무책임한 거죠."

설화의 말에 한빈이 씩 웃었다.

요즘 들어 살수의 흔적은 완전히 씻어 버린 설화였다.

누가 보면 평범한 강호인이라고 착각할 정도였다.

놀리는 듯한 한빈의 표정을 본 설화가 다시 물었다.

"악 공자님은 괜찮겠죠?"

"설화야, 그건 걱정 안 해도 된다. 지금 날아오는 혈향으로 짐작건대, 이미 일은 마무리됐어. 지금 간다고 해도 아무도 살릴 수 없고 아무도 죽일 수도 없다는 말이지."

"헉, 그걸 혈향으로 알아챘다고요?"

설화가 눈을 크게 떴다.

그 모습에 한빈이 어깨를 으쓱하며 마차 등받이에 몸을 맡겼다.

전생에 비하면 모든 감각이 비약적으로 발달한 것은 사실이다.

그러지 않아도 기감과 후각은 전생에서도 손에 꼽혔는데, 이건 그때와는 비교도 안 될 정도였다.

눈으로 보지 않고 피의 상태를 알 수 있다고?

물론 가까이에서 냄새를 맡으면 알 수도 있다.

하지만 바람에 실려 오는 혈향으로 그것을 구별하기는 힘들다.

이것은 강호의 어떤 고수가 온다 할지라도 똑같다.

한빈은 조용히 앞쪽에서 일어난 상황을 그려 봤다.

대충 십여 구의 시체가 여기저기 널브러져 있을 것이다.

그들의 문파까지는 모르겠지만, 있어서는 안 될 일이 일어난 것이다.

눈 깜짝할 사이에 마차는 사고 지점에 도착했다.

마차는 덜그럭 소리를 내며 현장으로 달려갔다.

그때였다.

마차가 멈췄다.

슬쩍 마부석을 바라보니 마부가 손을 덜덜 떨고 있었다.

그 모습에 한빈이 물었다.

"혹시 현장은 처음입니까?"

"저, 저렇게 처참한 현장은 처음입니다. 저, 도저히 못 가겠습니다."

마부는 고삐를 돌렸다.

말들이 놀라지 않게 하기 위해서였다.

마부는 말을 옆으로 돌려놓은 채 마차를 멈췄다.

그는 말이 놀랄 정도의 처참한 현장이라 판단했다.

마부는 마차에서 내린 뒤 코를 틀어막고는 자리를 피했다.

그 모습에 한빈은 마부의 마음을 이해한다는 듯 고개를 끄덕였다.

마부는 다름 아닌 하오문에서 온 자였다.

하오문에서 온 자가 시체를 보고 저리 당황한다고?

누가 보면 코웃음 치겠지만, 지금 상황은 그만큼 처참했다.

허리가 반 토막이 난 시체는 몸통과 다리의 주인이 서로 뒤엉킨 상태였다.

　거기에 쏟아져 나온 인체의 조각들이 잔도 위를 덮고 있는 상태였다.

　한마디로 두 눈을 뜨고 볼 수 없는 지경.

　하오문도로서도 참을 수 없는 광경임이 분명했다.

　현장을 보던 한빈은 고개를 갸웃했다.

　설화도 고개를 갸웃하며 주변을 두리번거렸다.

　한빈과 설화의 모습에 청화가 물었다.

　"둘 다 왜 그래요?"

　청화는 시체를 보면서도 아무렇지 않은 듯 보였다.

　오직 한빈과 설화의 표정이 궁금할 뿐이었다.

　한빈은 주변을 돌아보더니 한 곳에 시선을 멈췄다.

　청화가 놀란 듯 한빈이 바라보는 곳을 가리켰다.

　"고, 공자님! 저게 뭐예요?"

　잔도와 벼랑이 이어지는 구석에서 바위가 들썩이고 있었다.

　한빈이 한숨을 내쉬며 답했다.

　"누구긴 누구겠어."

　"그러니까, 저 바위가 악 공자님이라는 거예요?"

　청화가 놀란 듯 눈을 가늘게 떴다.

　바위 옆에는 악비광의 장창이 잘 놓여 있었다.

덩치 큰 악비광이 잔뜩 몸을 웅크리자 바위처럼 보였다.

한빈과 설화가 찾던 것은 바로 악비광이었다.

먼저 상황을 살피러 갔던 악비광이 안 보이자 걱정이 되었던 것.

한빈은 악비광이 비위가 저렇게 약한지 몰랐다.

구석을 보지 못했기에 그제야 그를 발견한 것이다.

악비광은 연신 몸을 들썩이고 있었다.

"모든 걸 쏟아 내는구나. 휴."

한빈의 한숨에도 청화는 이해하지 못하고 고개를 갸웃했다.

"악 공자님, 독에라도 당한 거 아니에요?"

청화는 상태가 이상해진 악비광을 향해 달려가려 했다.

그때 설화가 재빨리 그녀의 소매를 잡았다.

"청화야."

설화가 고개를 좌우로 흔들자 청화가 물었다.

"왜 그래요, 언니?"

"가지 마. 지금 네가 보는 광경보다 더 처참한 장면을 목격하게 될 거야."

"네?"

청화가 되물었지만, 더 이상 답해 주는 이는 없었다.

한빈은 조용히 시체가 있는 곳으로 다가갔다.

시체에 다가가던 한빈이 갑자기 멈췄다.

그는 팔을 들어 뒤따라오는 설화에게 신호를 보냈다.

멈추라는 뜻이었다.

한빈은 조용히 말을 이었다.

"지금 이들은 마교인들이다. 일단 독이 있는지부터 살펴봐야겠다."

"마교요?"

"지금 저 시체 중 반은 확실히 마교인이다."

한빈이 반이라고 했던 것은 마교인의 표식이 보이도록 하늘을 보고 있는 시체가 반이었기 때문이다.

하지만 이해가 안 가는 설화는 재빨리 물었다.

"피 때문에 잘 안 보이는데요. 뭘 보고 구분하신 거예요?"

"저 목에 보이는 표시는 마교의 상급 무사들에게만 있는 표식이지."

"마교의 상급 무사요?"

"뭐, 정파로 치면 절정 정도라고 할까?"

"이들이 모두 절정이라고요?"

설화는 눈을 크게 떴다.

그 이유는 간단했다.

그들은 한곳에 모여 숨을 거뒀다.

한마디로 도망갈 생각은 하지도 못했다는 뜻이다.

아무리 압도적인 힘이라도 불가능한 일이었다.

절정 정도의 무사들이라면 상대의 힘을 알아봤을 테고, 이런 꼴을 당하리란 것도 알고 있었을 것이다.

화경의 고수와 십수 명의 절정의 무사가 부딪친다고 가정해 보자. 절정인 무사들은 상대를 알아보고 사방으로 흩어질 것이다.

그래도 화경의 고수에게 끝내 당하겠지만, 이런 식으로 시체가 한곳에 모일 수는 없다는 말이었다.

죽이고 나서 모아 놓은 것도 아닌 게, 신체의 일부가 사방으로 흩어진 것으로 봐서 그들이 숨을 거둔 장소는 이곳이 분명했다.

한빈의 표정을 본 설화가 물었다.

"이들은 왜 도망치지 않은 거죠? 혹시 정파의 백대고수 정도 되는 자에게 당한 걸까요?"

"절정 고수 십수 명을 몇 호흡 만에 이렇게 만들어 놓은 백대고수라……."

한빈은 고개를 흔들자 설화가 그 말에 동의한다는 듯 답했다.

"백대고수가 아니라 정파의 은거 기인이겠네요."

"꼭 정파라고도 볼 수 없지. 저 상처를 보면 마교의 흔적에 가깝거든."

한빈은 상처 쪽을 가리켰다.

토막 난 살점 사이에 보이는 무공의 흔적은 분명 정파보다는 사파, 사파보다는 마교에 가까웠다.

깔끔하게 끊어 내는 공격이 정파의 특징이라면, 사파의 흔적은 조금 더 지저분하다.

그것은 힘에 의존하기 때문이다.

하지만 마교의 흔적은 깔끔하면서도 지저분한 것이 특징이었다.

공격은 예리하지만 무공에 담긴 마기 때문에 상처가 흐물흐물해지기 마련이었다.

강북 지역에 마교도라?

심지어 이 정도의 마교인이 동쪽으로 오면서 개방과 하오문의 감시망에 잡히지 않았다니?

한빈으로서는 도무지 이해가 되지 않는 상황이었다.

가장 중요한 점은 마교가 아직 봉문을 하고 있다는 점이었다.

지난번에 싸웠던 잔혈마도의 경우는 예외 사항이라 할 수 있었다.

그것은 한 명의 독단적인 행동.

하지만 지금은 무력대 하나가 통째로 나온 상황이다.

혹시 정마대전이 조금 더 당겨지는 것은 아닐까?

한빈의 걱정이 이것이었다.

준비할 시간도 없이 갑자기 전쟁이 일어난다면?

그것은 세가 간의 문제 혹은 문파 간의 문제하고는 차원이 달랐다.

그때 악비광이 몸을 흐물거리며 뒤쪽에서 나타났다.

"형님."

"몸은 좀 괜찮고?"

"괘, 괜찮습니다."

"입에 침 좀 닦고."

"아, 침이라니요?"

악비광은 모른 척 고개를 돌렸다.

고개를 돌린 쪽에 있었던 것은 다름 아닌 청화였다.

청화는 코를 씰룩대더니 눈을 가늘게 뜨고 악비광을 바라
봤다.

"어쩐지 이상한 냄새가 나는 것 같아요. 혈향은 아니고 꼭
토사물 같은…….."

청화의 말에 악비광이 뒤로 주춤주춤 물러났다.

정곡을 찔린 듯한 표정은 누가 봐도 당황한 모습이었다.

악비광은 하필이면 시체를 밟았다.

자연스럽게 아래로 향한 악비광의 시선.

그와 동시에 악비광은 다시 구석으로 달려갔다.

강호인이긴 해도 이 정도로 처참한 광경은 보지 못한 듯했
다.

그때였다.

한빈의 고개가 살짝 돌아갔다.

한빈이 바라보고 있는 곳은 유난히 시체가 많이 쌓여 있

었다.

그곳을 바라보던 한빈은 갑자기 구걸십팔보를 펼쳤다.

누가 보면 원래부터 그 자리에 있었다고 착각할 정도의 **빠**른 속도였다.

한빈은 시체를 하나하나 걷어 내기 시작했다.

아무렇지 않게 시체를 옆으로 던지던 한빈이 동작을 멈췄다.

그리고 시체 중 일부를 들어 올렸다.

순간 설화가 달려갔다.

한빈이 들어 올린 것은 시체가 아니었다.

그것은 어린아이였다.

키로만 봐서는 한 열 살 정도 되어 보이지만, 온몸이 피투성이라 성별도 못 알아볼 정도였다.

"공자님, 그 아이는 대체……."

"쉿."

한빈은 검지를 입에 대고는 아이의 맥을 잡았다.

그러고는 혈도의 몇 곳을 찍었다.

픽, 픽.

순간 아이가 입을 벌렸다.

콜록.

기침 속에 핏덩이가 섞여서 나왔다.

그때 뒤쪽에 있던 청화도 달려왔다.

한빈은 둘에게 아이를 맡기고 주변을 살폈다.

위험은 없는 상황이지만, 경계를 늦출 수는 없었다.

마차 근처로 와서 아이의 얼굴에 물을 부었다.

그제야 겨우 아이의 얼굴을 확인할 수 있었다.

아이는 사내아이였다.

키에 걸맞게 얼굴도 열 살 정도로 보였다.

한빈은 아이의 완맥을 다시 잡았다.

숨이 돌아온 지금은 아이의 배경을 살펴봐야 할 때였다.

한빈은 아이의 몸에 자신의 기운을 슬쩍 불어 넣었다.

아이의 맥은 한빈의 기운을 거부하지 않았다.

한빈은 눈을 가늘게 떴다.

예상과는 달리 아이의 몸에는 마기가 느껴지지 않았다.

아예 한 톨의 마기도 없었다.

단전에 있는 기운은 흡사 무당이나 화산의 기운과 비슷했다.

즉, 도가의 기운이라는 뜻이었다.

마교인들에게 둘러싸인 도가의 아이라?

한빈은 피식 웃었다.

무슨 일인지는 모르겠지만, 뭔가 이 사건을 누군가 자신에게 쥐여 줬다는 느낌이 들었기 때문이다.

한빈은 아이에게 용린검법의 기운을 사용했다.

'기사회생.'

전력으로 쓴 것은 아니고 살짝만 흘려 넣었다.

순간 아이가 눈을 떴다.

아이를 둘러싸고 있는 것은 한빈과 설화 그리고 청화였다.

아이는 셋을 멀뚱거리며 바라보다 뭔가 생각났는지 비명을 질렀다.

"악!"

그 소리에 설화가 바로 손을 썼다.

픽.

바로 아혈을 제압해 버린 거였다.

그 모습에 청화가 입을 딱 벌렸다.

"언니, 애한테 물어보지도 않고 점혈하시면 어떻게 해요?"

"강호 속담에 조심해야 할 게 세 가지 있다고 했어."

"노인, 여자, 아이요?"

"그래. 이 아이가 다른 동료를 부르는 거라면 어떻게 할 거지?"

"역시 언니예요."

청화의 빛보다도 빠른 태세 전환에 설화가 흡족한 표정으로 손을 내저었다.

"아니야. 네 측은지심에 난 감동했어. 강호인이라면 사람을 죽일 줄만 아는 게 아니라 사람을 살릴 마음도 가져야 해. 바로 너처럼."

"아니에요. 강호에서 의심은 미덕이라고 공자님이 항상 말씀하셨잖아요. 언니가 최고예요.”

이 아수라장에 서로 칭찬을 주고받는 설화와 청화.

한빈의 표정이 부드럽게 풀렸다.

사실 설화의 말이 맞았다.

상대를 안심시키기 위해 살수들은 주로 노인과 아이로 위장한다.

하지만 지금 이 아이는 위장한 것이 아니었다.

한빈은 피로 물든 아이의 얼굴을 씻기며 위장 여부를 철저히 살폈다.

완맥에 진기를 불어 넣으며 무공의 유무까지 살폈다.

일단은 의심 갈 만한 정황은 없었다.

거기에 주변에는 어떤 무인의 기척도 느껴지지 않았다.

용린의 기운을 불어 넣었으니 마기가 있다면 반응했을 것이 분명했다.

하지만 어떤 반응도 없었다.

잠시 상태를 살피던 한빈은 아이의 혈도를 풀어 줬다.

아이가 입을 살짝 벌렸다.

“……아.”

아이는 설화를 보며 입을 달싹이기만 했다.

마치 허락을 받으려는 듯 보였다.

아이의 모습에 설화가 살짝 웃었다.

경계심이 풀어진 설화는 순식간에 마차에서 보따리를 꺼

냈다.

그러고는 보이지 않는 속도로 뭔가를 꺼내 아이의 입으로 향했다.

그것은 한눈에 보기에도 뾰족한 물건.

갑자기 날아온 뾰족한 물건에 아이가 입을 벌린 채 고개를 틀었다.

하지만 설화는 슬쩍 방향을 틀어 끝내 아이의 입에 넣었다.

순간 아이의 눈이 커졌다.

그것도 잠시, 아이는 입을 오물거렸다.

그 모습에 설화가 입을 열었다.

"원래 정신이 드는 데는 당과가 최고야. 어때?"

아이는 눈을 멀뚱거리다가 꼬치를 잡고 당과를 바라본 후 답했다.

"마, 마시떠요."

입에 당과가 한 움큼이라 발음도 잘 안 되었다.

그들의 대화를 지켜보던 한빈은 자리에서 일어났다.

그러고는 마부가 있는 쪽으로 걸어갔다.

마부는 비위가 상했는지 아직도 코를 틀어막고 있었다.

하지만 한빈이 오는 것을 보고는 재빨리 표정을 수습했다.

"오셨습니까? 공자님."

"속은 좀 괜찮습니까?"

"네, 괜찮습니다."

"여기까지 수고하셨습니다."

"그, 그게 무슨 말씀입니까?"

"저희는 여기서 헤어져야 할 것 같습니다."

"공자님을 유림 서원까지 모시라는 명을……."

"괜찮습니다. 시체가 저리 널려 있는데 저 길을 지나가실 수 있겠습니까?"

한빈은 사람 좋은 얼굴로 마부를 바라봤다.

마부는 침음을 삼켰다.

"음."

분명 백미랑으로부터 유림 서원까지 모시라는 명을 받았다.

하지만 저 처참한 광경을 보는 순간 이성을 잃었다.

어릴 적 마적에게 가족을 잃고 하오문에 의탁해서 이제까지 살아온 그였다.

이런 장면은 어릴 적 그의 기억을 깨어나게 했다.

그런데 눈앞에 있는 공자는 마치 자신의 아픔을 안다는 듯 그를 배려하고 있었다.

사실 그가 하오문의 주인이 되리라는 것을 얼핏 들었다.

굴러들어 온 돌이 하오문을 차지한다는 점에서 그는 반감을 가지고 있었다.

하지만 이렇게 가까이서 하북팽가의 사 공자를 대하고 보니, 그는 진정한 성인이었다.

마부의 눈이 점점 촉촉해질 때 다시 한빈이 말을 이었다.

"여기에 나와 있는 대로 조처하십시오. 하오문이 처리하려 하지 마시고, 꼭 여기에 나와 있는 곳으로 연락을 취하셔야 합니다."

"네, 알겠습니다. 그런데 마차는 어떻게 할까요? 공자님."

"그냥 가져가십시오. 저희는 다음 마을에서 마차를 새로 구하겠습니다."

"아."

"그럼 이만……."

한빈은 몸을 돌려 일행에게 턱짓했다.

한빈의 신호에 설화가 재빨리 아이의 손을 잡았다.

그러고는 시체를 넘어 마차에서 멀어졌다.

한빈과 청화도 마찬가지로 자리에서 사라졌다.

소리 없이 사라지는 모습이 마치 바람이 지나간 것만 같았다.

마부가 멍하니 그 모습을 보고 있을 때 어디선가 다급한 외침이 들려왔다.

"형님!"

그는 바로 악비광이었다.

그는 소매로 입을 쓱 훔치더니 장창을 들고 다급하게 한빈의 뒤를 따랐다.

그들의 모습을 확인한 마부는 마차에 올라 재빨리 고삐를 잡았다.

이런 곳에는 오래 있어 봐야 좋지 않다는 것을 알고 있었다.

그는 재빨리 왔던 길의 반대 방향으로 마차를 몰았다.

얼마나 갔을까?

마부는 누군가 길을 막고 있는 것을 보았다.

순간 가슴이 철렁 내려앉았다.

그는 재빨리 표정을 수습하고 천천히 마차를 멈추었다.

마차를 멈춘 마부는 그들의 복장을 살피고는 그제야 안도의 숨을 토해 냈다.

"휴."

상대는 다행히도 정파였다.

마부가 그들을 정파라고 생각하는 이유는 간단했다.

소매에 빽빽하게 수놓아진 매화를 보면 분명 화산파였다.

화산파 중에서도 가장 인재라 불리는 매화검수.

거기에 다른 이는 무당의 상징인 태극이 수놓아진 무복을 입고 있었다.

화산이나 무당 모두 도가의 문파였다.

일단 횡액을 면했다고 생각한 마부는 조심스럽게 물었다.

"두 도인분은 어쩐 일로 길을 막으셨습니까?"

"내 물어볼 것이 있어 마차를 세웠소."

말한 이는 화산파의 매화검수였다.

"네, 하문하시지요. 저는 하오문의 잡일을 하는 마삼이라고 합니다."

마부는 아무렇지 않게 자신의 신분을 밝혔다.

그는 최대한 자신을 낮췄다.

화산이 도가 계열이긴 해도 무림의 문파.

거기에 매화검수가 아니던가.

신분을 속이는 것이 해가 될 수도 있었다.

아니나 다를까.

상대는 웃으며 말을 이었다.

"하오문의 사람이셨구려. 마침 잘됐군요."

"네, 그렇습니다."

"혹시, 마차에 누가 있습니까?"

"마차에는 아무도 없습니다."

"음, 분명 제가 찾는 흔적은 마차의 바퀴와 일치합니다. 그런데 아무도 없다라……."

"살펴보셔도 됩니다."

마부는 손으로 마차 안을 가리켰다.

그러자 화산파의 사내가 순식간에 마차의 문을 열었다.

안쪽을 살핀 그는 허탈한 표정으로 읊조렸다.

"벌써 사라졌군요."

"네? 사라지다니 그게 무슨 말씀인가요?"

"됐습니다. 나중에 팽 공자를 보게 되면 매화검협과 현문이 찾고 있다고 전해 주십시오."

"지, 지금 매화검협이라고 하셨습니까?"

"네, 그렇습니다."

마삼과 대화를 나누는 화산파의 매화검수는 다름 아닌 서재오였다.

서재오가 그럴 줄 알았다는 듯 웃었다.

그는 자신이 별호를 밝히면 놀라는 사람들의 모습을 즐기고 있었다.

아니나 다를까.

예상했던 반응이 상대에게 나왔다.

"그렇다면 팽 공자의 지인이 아니십니까? 진작 말씀하셨으면……."

마삼은 말끝을 흐렸다.

매화검협이 하북팽가 사 공자의 친우라는 것은 이미 소문이 나 있는 상태였다.

상대가 매화검협이라면 숨길 이유가 없었다.

마삼은 눈을 가늘게 뜨고 그의 소매를 바라봤다.

분명 진짜 화산파의 무복이 맞았다.

그런데 조금 의심되는 부분도 있었다.

그것은 매화검수치고는 말투가 너무 가볍다는 점이었다.

마삼의 부담스러운 시선에도 아랑곳하지 않고 서재오가

말을 이었다.

"괜찮습니다. 마차에서 내렸으면 다시 흔적을 찾으면 됩니다."

"자, 잠시만 기다리시지요. 저 앞쪽에는 난리가 났습니다."

마삼은 솔직하게 털어놓기로 결심했다.

그의 말에 서재오가 화들짝 놀라 물었다.

"그게 무슨 말입니까?"

"그러니까……."

마삼은 조금 전 있었던 일을 솔직하게 털어놓았다.

"아, 그런 일이 있군요."

서재오가 고개를 끄덕일 때, 뒤쪽에 있던 무당의 도인이 머리를 감싸 쥐었다.

그는 다름 아닌 현문이었다.

표정이 붉으락푸르락 바뀐 현문이 혼잣말을 뱉었다.

"아, 더는 강호의 일에 말려들게 하지 말라 사형이 신신당부했거늘, 어찌 이런 일이……."

현문은 난감한 듯 길게 이어진 잔도를 바라봤다.

그 모습에 서재오가 물었다.

"그게 무슨 말입니까?"

"내 얘기는 안 했네. 하지만…… 팽 공자가 강호의 일에 휩쓸린다면 위험할 것이라는 얘기를 들었다네."

"누가 그런 말을 했습니까?"

"태극검제가 한 말이라네."

"헉."

뜻밖의 말에 서재오가 탄성을 터뜨리자 현문은 길게 이어진 잔도를 가리키며 말했다.

"뭐, 일단 빨리 따라잡는 것이 좋겠네."

"알겠습니다."

말을 마친 서재오는 재빨리 내공을 끌어올렸다.

순간 사라지는 두 개의 신형.

그들이 사라지자 마부 마삼은 재빨리 말고삐를 잡았다.

자신처럼 까마득한 아랫사람을 존중해 주는 것이 하북팽가의 사 공자, 아니 하오문의 주인이었다.

그런데 지금 그런 자가 위험에 처할지도 모른다는 말을 듣자 마음이 급해졌다.

조금 전 그들의 마차를 가로막았던 참혹한 살육의 현장이 그 전조일지도 몰랐다.

그는 일단 돌아가 이 사태를 문주에게 보고하기로 했다.

"에취."

산자락에서 재채기 소리가 울렸다.

"공자님, 고뿔에라도 걸리신 거예요?"

"아니다. 전에는 귀가 가렵더니 이제는 콧속이 근지럽네. 누가 내 얘기를 하는 것이 분명한데……."

"누가 공자님 얘기를 해요? 우리가 여기 있는지도 모를 텐데요."

설화는 아래쪽을 가리켰다.

아래쪽에는 잔도가 길게 뻗어 있었다.

과연 어떻게 된 일일까?

한빈 일행은 사건 현장을 떠나 절벽을 기어 올라갔다.

구걸십팔보를 익힌 한빈과 설화는 순식간에 산자락으로 몸을 숨겼다.

마차를 버린 이상 노출된 잔도를 이용한 필요는 없었다.

한빈은 힐끔 고개를 돌려 아이를 바라봤다.

아이도 물끄러미 한빈을 바라보고 있었다.

시선이 마주치자 한빈은 사람 좋은 얼굴로 아이에게 물었다.

"기억나는 것이 있으면 편안하게 말해도 좋다."

"기, 기억나는 게 전혀 없어요."

"그럼 언제부터 기억나는데?"

"기억나는 것은 세 명의 얼굴밖에 없어요."

"세 명이라……. 그게 혹시 우리니?"

"네, 맞아요. 그 전 기억은 전혀 없어요."

"그럼 이름도 기억 안 나겠군."

"그, 그게……."

"생각나는 게 있다면 말해 봐."

"소군이라 불렸던 기억이 나요. 그런데 언제 어디서 누가 저를 그렇게 불렀는지는 전혀 기억이 안 나요."

"소군이라."

한빈은 눈을 가늘게 뜨고 전생과 현생의 기억을 더듬었다.

소군이라는 이름은 처음 들어 봤다.

한빈의 기억 속에 없다는 것은 강호의 역사에 그리 중요한 인물을 아니라는 얘기였다.

중요하지도 않은 인물이 아수라장에서 홀로 생존했다?

그것은 말이 되지 않았다.

문제는 소군이라는 아이의 눈빛은 분명 진심이라는 점이었다.

거기에 내공 한 톨 없는 몸은 동네 아이와 다를 바 없었다.

소군을 보던 한빈이 손을 내저었다.

"그만 됐다. 일단 날이 저물기 전에 노숙할 만한 장소를 찾아보자."

자리에서 일어난 한빈은 천천히 걸어갔다.

두 시진 후.

산속에 한적한 공터가 나오자 일행은 그곳에 자리를 잡았다.

아무리 고수라도 어두운 밤에 산길로 다닐 수는 없는 법이었다.

거기에 더해 지금은 걸음을 재촉해야 할 이유도 없었다.

유림 서원에 도착해야 할 시간은 아직도 한 달 이상 남았다.

모닥불 위에서는 고기 꼬치가 이글이글 소리를 내며 익어 갔다.

청화가 꼬치가 타지 않게 쉬지 않고 뒤집고 있다.

설화는 광개에게 배운 대로 고기를 손질한 다음 양념을 바르고 있다.

설화와 청화는 노숙을 위해 태어난 사람처럼 능숙하게 자리를 꾸리고 끼니를 준비하는 중이었다.

그런 모습을 본 소군은 안심한 듯 표정이 풀어졌다.

긴장이 풀린 듯 계속 침을 삼키는 소군을 본 청화가 말했다.

"너 지금 배고픈 거야?"

"배 안 고파요, 언니."

"앗, 언니가 아니라 누이라고 해야지."

"아까 둘이서는 언니라고 했잖아요."

"우리는 언니라고 해야 하지만 너는 아니야. 사내아이가 왜 우리한테 언니라고 해?"

"음……. 기억이 안 나요."

"알았어. 편할 대로 부르고 일단 이거부터 먹어."

청화는 소군에게 꼬치를 건넸다.

소군이 맛있게 먹는 모습을 바라보던 청화가 뭔가 기억났는지 자신의 머리를 딱 때렸다.

그러고는 입을 딱 벌리며 한빈을 바라봤다.

"공자님, 죄송해요."

"그게 무슨 말이야? 청화야."

"찬물도 아래위가 있다는 게 강호의 법도인데 제가 얘부터……."

"알았으니 신경 쓰지 마. 환자부터 주는 게 당연하지. 나는 내가 알아서 먹을 테니 청화 너는 그 아이부터 챙겨."

"알았어요, 공자님."

청화는 미안한 표정으로 다시 꼬치를 뒤집기 시작했다.

청화에게 꼬치를 받은 소군은 바람에 게눈 감추듯 고기를 다 먹어 치웠다.

그러고는 올망졸망한 눈으로 청화를 바라보고 있다.

청화는 그런 소군이 안타까웠는지 꼬치 한 개를 더 내밀었다.

청화는 소군이 꼬치를 다 먹어 치우는 동시에 새로 구운 꼬치를 내밀었다.

흐뭇한 눈으로 소군을 바라보는 청화.

독인으로 자라면서 감정마저 철저히 제거된 청화였다.

하지만 한빈과 만나면 가족이라는 것을 알게 되었다.

또한 그녀의 친가족까지 찾게 되었다.

완전히 감정이 돌아온 지금, 그녀는 자신보다 어린 소군에게 측은지심이란 감정을 느끼고 있었다.

거기에 더해 이제까지 없었던 동생이 생긴 기분이었다.

항상 챙겨 받아야 할 존재에서 누군가를 챙겨 줘야 할 위치로 바뀐 듯한 착각이 들었다.

청화는 자신의 감정이 그리 나쁘지 않았다.

아니, 흐뭇하기까지 했다.

어찌 보면 이것은 소꿉놀이에 가까웠다.

쓱.

청화는 다시 꼬치를 내밀었다.

급하게 꼬치 두 개를 먹은 소군은 본능적으로 꼬치를 받아 들었다.

하지만 그저 보기만 하는 소군.

그 모습에 청화가 턱짓했다.

"빨리 먹어."

"아, 알았어요. 언, 아니 청화 누님."

"그래, 잘 먹어야 착한 아이지."

청화는 이제 완벽하게 소꿉놀이에 빠져든 듯 보였다.

꼬치를 한 입 베어 문 소군은 물끄러미 자신의 손을 바라봤다.

그때 청화가 활짝 웃으며 손짓했다.

"소군이랬지?"

"네, 누님."

"괜찮으니까, 사양 말고 먹어."

"아, 알겠어요. 가, 감사해요."

"그렇게 감격하지 않아도 돼. 여기 꼬치는 많으니까 얼마든지 먹어."

"......"

하지만 소군은 꼬치를 쥔 채 아무 말도 하지 않았다.

그 모습에 청화는 꼬치 한 개를 더 들었다.

그때보다 못한 설화가 청화를 말렸다.

"청화야, 소군이 배 터지겠다."

"언니, 그게 무슨 말이에요?"

"지금 쟤 배를 봐. 그리고 정도껏 먹여야지."

"꼬치 여덟 개밖에 안 먹었는데요."

청화가 고개를 갸웃했다.

그녀의 기준에서는 한참 모자라는 양이었다.

공독지체는 독뿐만 아니라 배 속도 허하게 만드는지, 평소에도 남들의 예닐곱 배는 먹는 설화였다.

어찌 보면 평소에 떡으로 배를 채우는 것도 공독지체 때문인지도 몰랐다.

설화가 고개를 내저으며 답했다.

"아니, 그건 네 기준이고. 소군이는 한계 같아. 잘 봐 봐."

"더 먹고 싶은 것 같은데요, 언니."

고개를 갸웃하는 청화의 모습에 설화는 한숨을 내쉬었다.

"휴, 소군아. 배불러서 못 먹겠다고 그냥 말을 해."

말을 마친 설화는 소군을 쏘아봤다.

시선이 마주친 소군이 본능적으로 답했다.

"배, 배부른 거 같아요. 그, 그만요."

놀란 청화가 고개를 갸웃하며 소군의 옆으로 다가갔다.

"그게 무슨 말이야? 배부르면 배불러서 못 먹겠다고 말하면 되지, 왜 말을 못 해?"

"무서워서요."

소군의 눈이 촉촉해졌다.

그 모습에 설화가 웃었다.

"거봐, 무섭다잖아."

"아, 내가 뭐가 무섭다고……."

청화는 울듯한 표정으로 한빈 쪽을 바라봤다.

하지만 한빈은 고개를 돌린 채 꼬치를 한 입 베어 물고 있을 뿐이었다.

그렇게 밤은 깊어 갔다.

한빈은 조용히 하늘을 바라봤다.

천산산맥의 깊은 골짜기.

그 골짜기의 중간에 살짝 불빛이 새어 나오고 있었다.

그 불빛은 한 개의 호롱불이었다.

호롱불은 흑의인 둘을 비추고 있었다.

밖에서 바람이 불어오자 호롱불이 비추는 흑의인들의 그림자가 기괴하게 흔들렸다.

그들은 생각할 수도 없는 마기를 뿜어내고 있었다.

그 마기가 어찌나 지독한지 그림자에까지 영향을 줄 정도였다.

그들은 흑의에 복면을 쓴 것도 모자라 가면까지 쓰고 있었다.

그중 한 명이 말한다.

"교의 장악 계획은?"

"다 끝났습니다."

"소마군의 처리는?"

"소마군의 처리도 제가 보낸 아이들이 처리할 것입니다."

"하하, 모든 것이 계획대로군."

"그런데 한 가지 걸리는 것이 있습니다."

"그게 뭔가?"

"혹시라도 소마군의 마령지체가 깨어나기라도 한다면……."

"그것은 불가능하다."

"자칫 마령지체가 깨어나게 된다면 우리가 생각했던 것보다 전쟁이 앞당겨지게 됩니다."

"그건 걱정하지 말아라. 만약 마령지체를 각성했다고 한다면 보름 안에 그 명을 다할 것이다. 부족한 공력에 마령지체를 각성하게 된다면 한 줌 핏물이 될 수밖에 없을 터."

"흠, 그것도 그렇겠군요. 마령지체에 도전한 수많은 마인의 최후처럼요."

"신교 밖의 일은 모두 내가 통제할 테니, 너는 신교 내부의 일이나 단속하거라."

"네, 알겠습니다."

"성화의 불꽃 속에 진한 혈향이 담길 때까지!"

"그 혈향이 중원을 지배할 때까지!"

그들은 진지한 표정으로 의미심장한 단어를 주고받았다.

지시를 내린 흑의인은 탁자 위에 호리병을 하나 올려놨다.

다른 흑의인은 그 호리병을 보며 깊숙이 포권했다.

순간 다른 흑의인의 신형이 연기처럼 사라졌다.

남은 흑의인은 조그만 탁자 위에 놓인 호리병을 들었다.

그러고는 입으로 가져갔다.

그것도 잠시, 그는 손을 멈췄다.

호리병에 든 내용물을 먹으려면 가면을 벗어야 했기 때문이었다.

그는 가면을 벗을까 고민하다가 이내 손을 거뒀다.

그는 대신 호리병을 그대로 품속에 넣었다.

이제 이곳을 벗어나 다시 신교로 돌아가야 할 때였다.

막 자리를 떠나려던 그는 고개를 갸웃했다.

마치 매가 먹이를 노려보듯, 다급히 주변을 살폈다.

한참 동안 주위를 바라보던 그는 고개를 내저었다.

그러고는 손가락을 튕겼다.

순간 손가락에서 한 줄기 바람이 날아갔다.

쉭!

바람은 정확히 호롱불을 껐다.

순식간에 석굴의 내부는 어둠에 휩싸였다.

흑의인은 조용히 석굴을 나왔다.

맞은편에도 절벽이 있었다.

두 절벽 간의 거리는 못해도 오백 걸음.

순간 구름이 걷히고 달빛이 모습을 드러냈다.

달빛을 받은 절벽에는 수백, 아니 수천 개의 점이 찍혀 있었다.

정확히는 점이 아니었다.

그것은 애묘(崖墓)라 불리는 무덤이었다.

이것은 신교가 있는 천산의 특성 때문이었다.

흙이 귀한 천산의 특성상 땅을 파서 사람을 묻는 것은 힘들었다.

이 때문에 대부분의 마교인들은 절벽에 석굴을 파고 사람을 묻었다.

언제부터 그랬는지는 전해지는 바가 없었다.

그저 관습처럼 절벽에 무덤을 만들고 안장하던 것이 지금처럼 이런 애묘를 만들어 냈다.

이곳 천산의 절벽에 나 있는 석굴을 다 더한다면 못해도 수만 개가 될 터였다.

어찌 보면 적은 숫자였다.

하지만 이것은 당연하기도 했다.

석굴에 묻힌 이는 모두 신교 내에서 명을 다한 자였다.

마교인의 대부분은 신교의 외부에서 칼을 들고 상대와 맞서다 죽은 일이 많았으니 말이다.

흑의인은 주변의 애묘를 바라보다가 몸을 날렸다.

휙!

마치 날다람쥐처럼 애묘의 입구를 발판 삼아 절벽을 올라갔다.

그때였다.

그는 품속에 손을 집어넣었다.

그러고는 어딘가를 향해 손을 뻗었다.

순간 날아가는 은빛 암기.

한 줄기 섬광이 달빛을 머금고 옆쪽의 애묘 입구에 가서 박힌다.

푹!

순간 애묘의 입구에서 흐릿한 형체가 나타났다.

그 모습을 본 흑의인이 입가에 미소를 지었다.

"어쩐지 뒤통수가 가렵더라니……."

"누군지 가면을 벗어 봐라."

상대는 회색 무복을 입은 중년의 무인이었다.

팔 척은 되어 보이는 커다란 체구에 부리부리한 눈.

마치 삼국지 속의 관우가 현신한 것과 같은 착각이 들 정도였다.

그가 자신의 검을 뽑아 들고는 외치자, 흑의인은 피식 조소를 흘렸다.

"내가 벗으면 너는 목을 내놔야 할 텐데. 안 그런가? 천애마검."

"내 별호를 아는 것을 보니 한자리해 먹은 놈이군."

천애마검이라 불린 이는 눈을 가늘게 뜨고 상대의 가면을 바라봤다.

천애마검이라는 별호는 교주와 원로가 그를 부르는 호칭이었다.

일반 신도는 그 별호를 아예 모르고 있었다.

상대가 천애마검이란 별호로 그를 불렀다는 것은, 상대 역시 교에서도 상당한 위치에 있다는 것이었다.

천애마검이란 별호가 지어진 것은 우연이었다.

그의 성명절기는 일점향(一點香)이라 불렸다.

그는 찌르기에 특화된 무인이었다.

그 찌르기가 어찌나 독특한지, 그가 자신의 무공을 극성까지 펼치면 애묘 하나가 만들어진다고 한다.

만들어진 애묘에는 묘하게 향기가 났다.

그렇게 수련을 하다 보니 절벽에는 천 개가 넘는 애묘가 만들어졌다고 한다.

이를 본 교주는 그에게 천애마검이란 별호를 하사했다.

천애마검은 마교 서열 십 위에 있는 고수였다.

교주와 몇 명의 장로를 뺀다면 그를 무력으로 누를 수 있는 자는 없었다.

천애마검은 남들보다 세 뼘은 더 긴 검을 상대에게 겨눴다.

그때 상대가 씩 입꼬리를 올렸다.

"네 별호를 이렇게 편하게 언급했다는 건 네 멱을 딸 힘이 있다는 거겠지."

말을 마친 그는 천애마검이 있는 애묘로 몸을 날렸다.

이전에 던진 암기보다 더 빠르게 흑의인의 몸이 천애마검을 향해 날아갔다.

천애마검은 더는 대화가 필요 없다는 듯 그를 향해서 검을 뻗었다.

그가 구사할 수 있는 최고의 무공인 일점향에 오 할의 내공을 실었다.

그가 전력을 다하지 않는 이유는 상대에게 묻고 싶은 것이 너무 많았기 때문이다.

슝!

그의 검이 밤하늘을 가르며 날아갔다.

점점 가까워지는 둘의 신형.

팡!

허공에서 굉음이 울렸다.

천애마검은 상대가 방금 전까지 있던 애묘의 입구에 착지했다.

반대로 흑의인은 천애마검이 있던 애묘에 내려앉아 쓴 입맛을 다셨다.

"역시, 천애마검이란 별호대로 검 끝이 쓰군."

"그건 내가 할 말이군, 좌호법."

"헉, 내 정체를 알았는가? 그렇다면 이딴 가면 따위는 쓰고 있을 필요가 없군."

말을 마친 좌호법이 가면을 벗었다.

가면을 벗자 머리가 흘러내렸다.

흘러내린 머리는 허리까지 내려오며 찰랑거렸다.

달빛을 받은 좌호법의 모습은, 백옥으로 선녀의 형상을 깎아 놓은 것처럼 단아했다.

거기에 검은 눈썹은 마치 화룡점정이란 말이 어울리는 듯했다.

그 모습에 천애마검은 고개를 끄덕였다.

마치 그럴 줄 알았다는 듯한 표정이었다.

천애마검은 웃음을 터뜨렸다.

"허허, 이제는 목소리를 바꿀 필요가 없지 않은가? 좌호법."

"미안해요, 우호법."

상대의 입에서 여인의 목소리가 흘러나왔다.

좌호법은 입술을 삐죽이며 천애마검을 바라봤다.

그녀의 이름은 월인옥.

신교에서 지위는 좌호법이었다.

우호법인 천애마검과 더불어 교주를 호위하는 마교의 마인이었다.

정확히는 소교주를 호위하는 마인이라고 봐야 했다.

천하제일의 무공을 지닌 교주를 누가 호위할 수 있다는 말인가?

그들이 맡은 임무는 소교주를 보호하는 것이었다.

우호법 천애마검은 요즘 소교주의 상태가 이상하다는 것을 느꼈다.

기억을 잃은 듯한 느낌을 받았다.

그가 보기에 이런 경우는 하나였다.

"좌호법, 진짜 소교주님은 어디 있지? 죽였나?"

"호호, 그게 무슨 말씀인가요? 좌호법."

"끝까지 시치미를 떼는군. 일단 그 혀부터 잘라 주지."

"제 혀를 자르시면 어떻게 심문하시려고요."

"손가락은 멀쩡하지 않나?"

말을 마친 천애마검이 다시 애묘의 입구에서 날아올랐다.

좌호법 월인옥도 같이 날아올랐다.

팡, 팡.

대기가 폭발하는 듯한 소리가 여기저기서 연달아 울렸다.

달빛에 자욱하게 피어나는 먼지는, 마치 바둑판 위의 바둑돌을 보는 것만 같았다.

천산 골짜기의 애묘라는 바둑판 위에서 두 고수가 바둑을 두듯 수십 개의 바둑돌이 생겨났다.

팡, 팡.

격돌이 이어질수록 천애마검의 눈빛이 침중해졌다.

검을 뻗은 천애마검이 외쳤다.

"내 검의 수준에 맞추고 있군! 바닥을 드러내기 싫다는 건가?"

"적어도 도망칠 기운은 숨기는 게 맞죠. 호호."

월인옥이 하얀 이를 드러내 웃으며 상대의 검을 튕겨 냈다.

챙.

뒤쪽으로 살짝 밀린 천애마검이 등에서 뭔가를 꺼냈다.

그것은 은빛 삼절곤처럼 보였다.

그는 자신이 쓰는 검과 은빛 삼절곤을 결합했다.

그러고는 검 자루에 내공을 주입했다.

순간 은빛 삼절곤이 경쾌한 소리를 내며 곧게 펴졌다.

탁. 탁.

천애마검은 완벽하게 변한 검을 들었다.

이제는 창이 된 그의 검.

월인옥이 눈을 크게 떴다.

"아, 이십 년을 동고동락했는데 그런 수법을 감춰 놨군요."

"도망칠 기운은 숨기는 법이라고 자네가 방금 그러지 않았나?"

"도망치시게요?"

"네 목을 벤 후."

말을 마친 천애마검은 창을 곧게 뻗었다.

다시 번개처럼 앞으로 몸을 튕기는 천애마검.

이번에는 자신의 한 수를 숨기지 않기로 했다.

천애마검의 수법에 월인옥은 슬쩍 입꼬리를 올렸다.

"언젠가는 우호법과 진심으로 부딪치길 원했는데, 그게 바로 오늘이군요."

순간 그녀의 검이 울어 댔다.

우우웅.

동시에 그녀가 자리를 박차고 공중에서 상대의 창을 맞이했다.

팡!

다시 허공에서 부딪쳤다.

각자 다른 애묘의 입구에서 서로를 바라봤다.

잠시 상대를 응시하던 천애마검은 자신의 손을 바라봤다.

신교 내에서는 검객으로 알려졌지만, 자신은 창을 만지는 마인이었다.

이것은 교주와 몇몇 장로밖에는 모른다.

자신이 창을 쓴다는 것은 좌호법에게도 비밀이었다.

그의 성명절기인 일점향은 찌르기에 특화된 공격이었다.

그 찌르기의 잠재력을 십 할 끄집어내려면 창이 정답이라는 것을 가르쳐 준 사람이 있었다.

바로 지금은 세상을 떠난 태상교주였다.

태상교주는 천애마검에게 교주의 호위를 부탁한다며 지금 들고 있는 은원창을 건넸다.

그때 천애마검은 어떤 일이 있어도 교주와 소교주의 방패가 되리라 결심했다.

천애마검은 눈썹을 꿈틀했다.

이제까지 창을 쓰지 않았다는 것은 실력의 육 할을 숨기고 있었다는 것이었다.

그런데 상대도 실력의 육 할 정도를 숨기고 있었다는 것을 이번 격돌에서 알았다.

천애마검이 상대를 보고 있을 때 바람이 불어왔다.

휘잉.

천애마검의 눈이 커졌다.

그 바람에 상대의 검이 흔들렸기 때문이다.

자세히 보니 월인옥의 검날이 이상했다.

달빛에 비친 그녀의 검은 검날이 세 개였다.

그때 월인옥의 웃음소리가 들려왔다.

"호호. 저도 숨겨 놓은 한 수가 있다고요, 우호법."

그녀는 검을 휘둘렀다.

순간 검날이 힘없이 휘어졌다.

천애마검은 그녀가 들고 있던 것이 검이 아니라 채찍이었음을 깨달았다.

이십 년을 동고동락해 오면서 상대에게 자신의 애병을 숨기고 있었던 것은 서로 똑같았던 것.

팡, 팡.

다시 시작된 그들의 격돌.

천애마검은 이대로면 자신이 얻을 것은 없다고 생각했다.

그는 다시 월인옥을 향해 달려들었다.

파박!

이번에도 둘은 허공에서 서로의 목을 노리며 스쳤다.

하지만 다른 점이 하나 있었다.

둘은 마치 시간이 정지한 것처럼 허공에서 멈췄다.

마치 자석이 붙듯, 둘의 병장기는 허공에서 딱 붙어 떨어질 생각을 하지 않았다.

하지만 인간은 새가 아니었다.

잠시 허공에서 멈췄던 그들은 천 길 낭떠러지 아래로 떨어지기 시작했다.

슝!

새도 날갯짓하지 않으면 떨어질 수밖에 없는 법.

자신의 병기에 모든 힘을 몰아넣은 월인옥의 눈썹이 살짝 떨렸다.

지금은 내공의 싸움이었다.

여기에서 다른 곳으로 내공을 돌린다면 무조건 자신의 목숨은 없었다.

하지만 이 상태로 떨어진다 해도 무사하지 못할 것이다.

월인옥은 상대의 동귀어진 수법에 당했음을 깨달았다.

그 증거로 상대는 웃고 있었다.

천애마검이 웃고 있는 이유는 간단했다.

그가 이번에 쓴 수법은 일점향이 아닌 일접향(一楪香)이었다.

무조건 하나의 물건을 자신의 병기에 붙일 수 있는 수법이었다.

병장기가 서로 붙게 되면, 상대가 내공을 거두지 않을 시 절대 떨어지지 않는다.

내공을 거두면 상대는 천애마검의 검기에 갈가리 찢어지게 된다.

어찌 보면 동귀어진의 수법이 맞았다.

하지만 천애마검이 원하는 것은 그것이 아니었다.

천애마검은 자신의 애병에 슬쩍 성질이 다른 진기를 흘려 넣었다.

순간 창대를 이루었던 삼절곤 중 하나가 툭 분리됐다.

삼분지 일 토막이 난 창대가 아래로 떨어지자, 천애마검은 그것을 다리로 차올렸다.

탁.

순간 창대가 월인옥의 가슴을 파고들었다.

휭!

순간 월인옥의 집중력이 흩어지자 천애마검의 검기가 그녀의 전신을 덮쳤다.

화르륵.

그녀가 죽음을 직감하고 있을 때였다.

갑자기 그녀를 옥죄던 힘이 풀렸다.

동시에 그녀의 몸이 붕 떠올랐다.

정확히는 하강하던 그녀의 몸이 멈췄다고 보는 것이 맞았다.

반대로 천애마검은 자신의 복부에 꽂힌 암기를 바라봤다.

검은색 부챗살 하나가 흉물스럽게 자신의 복부에 매달려 있었다.

복부에서 몸 곳곳으로 퍼지는 낯선 기운.

그것은 분명히 산공독이었다.

이대로면 모든 것이 묻힐 것이었다.

언젠가는 쓸데없이 신교와 정파 사이에 다툼이 일어날지도 몰랐다.

즉 수만 신교인의 목숨이 달린 일.

이대로 죽을 수는 없었다.

그는 결심한 듯 품속에 손을 넣었다.

순간 절벽 아래에서 지축을 흔드는 굉음이 났다.

쿠아앙!

월인옥은 아래를 보는 대신 힐끔 고개를 돌렸다.

그곳에는 조금 전 헤어졌던 가면을 쓴 흑의인이 있었다.

흑의인은 흡족한 듯 미소를 짓고 있었다.

가면을 쓴 흑의인은 허공을 박차고 절벽 쪽에 있는 애묘에 착지했다.

"내가 그리 조심하라 하지 않았더냐?"

"죄송해요. 그런데 내려가서 확인해 봐야 하지 않겠어요?"

"내 흑죽선에 맞았으니 굳이 확인할 필요는 없을 게다."

흑의인은 부채를 쫙 펼쳤다.

검은색 부채는 마치 검은 공작이 날개를 펼치는 것 같았다.

부채를 보던 월인옥이 그제야 안심한 듯 표정을 풀었다.

"부챗살이 하나가 없군요."

"살아난다고 해도 저 아래에서 한 줌 핏물이 될 테지. 그럼 나는 그만 가 보겠다. 우호법이 실종됐으니 신교의 내부도 발칵 뒤집히겠지. 당분간은 오지 않으마!"

"걱정하지 마세요. 그동안 제가 발판을 닦아 놓을게요. 약속하신 것 잊지 마세요. 교주의 자리는 제 거예요."

"십 년 뒤에."

말을 마친 가면 쓴 복면인이 자리에서 사라졌다.

✿

보름 후.

한빈 일행은 유림 서원을 코앞에 두고 있었다.

그들은 추격을 피해 이곳까지 오느라 대부분 산길을 따라왔다.

덕분에 한빈 일행의 복장은 말이 아니었다.

여기서 조금만 더 지체하다가는 개방도로 오해받을 수준이었다.

하지만 내일이면 유림 서원이 있는 군자현에 도착한다.

군자현은 제법 큰 마을이었다.

군자현에 들러서 옷가지와 생필품을 구매한 뒤 유림 서원으로 들어갈 작정이었다.

그러니 고생은 오늘이 마지막이었다.

오늘도 여전히 설화와 청화는 땀을 뻘뻘 흘리며 토끼구이를 만들고 있었다.

이것은 모두 태어나서 이렇게 맛있는 음식은 처음이라는 소군의 말 때문이었다.

덕분에 저녁 식사는 무조건 토끼구이였다.

한빈도 이쯤 되니 슬슬 질리기 시작했다.

한빈은 모닥불 위에 조그마한 철통을 올려 두었다.

그러고는 그 안에 육포를 넣었다.

순간 향기가 주변으로 풀풀 풍겼다.

토끼구이를 뒤집던 설화가 눈을 가늘게 뜨고 물었다.

"공자님, 그건 뭐예요?"

"남해루(南海淚)라는 음식이다."

"남해루라고요?"

"해남에서 주로 먹는 음식이지."

"해남에서 육포를 이렇게 넣어서 먹어요? 그리고 남해의 눈물이란 게 무슨 뜻이에요?"

"이걸 맛본 남해의 어부들은 백이면 백, 모두 눈물을 흘리게 마련이지."

"왜 눈물을 흘려요?"

"뭐, 물고기만 먹다가 육지의 고기 맛에 눈물을 흘리는 거라고는 하지만……."

"하지만 뭐요?"

"이게 그렇게 맛있는지는 모르겠네. 설화가 한번 먹어 보고 얘기해 줘."

한빈이 남해루를 한 그릇 떠서 설화에게 내밀었다.

설화는 아무 기대 없는 듯 그것을 한 입 넣었다.

순간 설화의 눈이 커졌다.

"와, 이거 맛있어요."

"이게 맛있다고?"

고개를 갸웃한 한빈은 청화에게도 내밀었다.

청화도 마찬가지로 입을 딱 벌린다.

한빈도 고개를 갸웃하며 남해루를 한 입 넣었다.

어부도 아닌 설화가 눈물까지 흘리며 저리 맛있게 먹을 이유는 없었다.

한빈은 곧바로 그 이유를 알았다.

그것은 토끼구이 때문이었다.

하도 기름진 것만 먹다 보니 시원한 국물과 육포의 향이
몇 배는 강하게 느껴진 것이다.

　하긴, 한빈이 남해루를 끓인 이유도 보름간 기름진 토끼구
이로 거의 매 끼니를 해결했기 때문이었다.

　그때 청화가 토끼 꼬치와 남해루 한 그릇을 가지고 소군에
게 다가갔다.

내가 누군지 알아?

그릇을 두러 소군에게 갔던 청화는 고개를 갸웃하더니 다시 돌아왔다.

"잠이 깊이 들었나 봐요. 대답도 안 하네요."

"그냥 놔두고 우리 먼저 먹자."

한빈의 말에 모두가 식사를 시작했다.

한참을 먹던 설화가 고개를 들어 밤하늘을 바라봤다.

"오늘따라 달이 밝네요."

"보름이잖아요, 언니."

그들이 시답지 않은 이야기를 주고받을 때, 구석에서 잠을 자고 있던 소군이 눈을 살짝 떴다.

달 때문일까? 아니면 모닥불 때문일까?

소군의 눈은 마치 붉은색 비단을 씌워 놓은 것처럼 붉었다.

소군은 계속 보름달을 응시했다.

계속 눈 속의 붉은빛은 점점 강해졌다.

그의 눈은 대장간의 붉은 쇳물처럼 묘한 기운을 토해 내고 있었다.

그 기운은 모닥불이 일렁이는 기운보다 몇 배는 밝았다.

순간 그 빛이 점점 작아졌다.

점점 작아지더니 이제는 좁쌀 크기의 붉은빛만 남겼다.

점점 입꼬리를 올리는 소군.

그의 얼굴에는 순수함은 사라지고 묘한 표정만이 남았다.

소군은 관자놀이를 눌렀다.

이제까지의 기억이 점점 돌아오고 있었다.

하지만 어떤 기억들은 안개처럼 희미했다.

소군은 분명 누군가에게 쫓기고 있었다.

자신은 신교의 소교주였다.

교 내에서는 소마군이라 불린다.

친한 이들은 소군이라 부르기에 뇌리에 소군이란 호칭이 남아 있었던 것.

어린 나이에 소교주의 자리를 약속받은 이유는 단 한 가지였다.

백 년에 한 번 태어난다는 마령지체를 가지고 태어났기 때문이다.

하지만 그는 반쪽짜리 마령지체였다.

이 때문에 마령지체로 모아 놨던 마기를 다 쓰고 나면 평범한 사람이 된다.

거기에 기억까지 잃게 되는 것.

지금 떠오른 기억도 일부분에 불과했다.

자신이 신교의 소교주라는 것.

자신이 마령지체를 타고났다는 것.

자신이 누군가에게 쫓기고 있다는 것.

이 세 가지 이외에는 기억이 나지 않았다.

소군은 뚫어져라 보름달을 바라봤다.

그가 보름달에 집착하는 이유는 한 가지였다.

보름달을 바라보는 것만으로도 마기를 채울 수 있었기 때문이다.

그때였다.

소군의 눈앞에 보름달만큼 하얀 얼굴이 들어왔다.

동시에 소군은 숨을 참으며 눈을 다급하게 감았다.

순간 상대의 목소리가 들려왔다.

"바로 너구나."

"......"

소군은 모른 척 대꾸하지 않았다.

그때 다시 목소리가 들려왔다.

"왜 모른 척해?"

얼굴까지 쓱 내밀며 달빛을 가리자, 소군은 더는 자는 척할 수 없었다.

소군은 눈을 비비는 척하며 자리에서 일어났다.

대신 언제라도 출수할 수 있게 마음의 준비를 하고 답했다.

"무슨 일이에요? 아저씨."

소군은 혼신의 힘을 다해 연기를 펼쳤다.

하지만 돌아온 것은 떨떠름한 표정이었다.

"흠, 이제는 막 나가는구나."

"아, 공자님. 제가 정신이 없어서 다른 사람으로 오해했어요. 죄송해요."

소군이 고개를 크게 흔들자 상대가 물었다.

"왜 자는 척했지?"

"자는 척한 게 아니라 진짜 자고 있었어요."

"그게 진실이 아니라면 어떻게 할까?"

"제가 어떻게 해야……."

소군은 말끝을 흐리며 상대의 눈치를 봤다.

물론 여기서 상대란 한빈이었다.

하지만 한빈은 답 대신 손을 뻗었다.

픽.

손을 뻗은 한빈은 정확하게 소군의 어깨를 눌렀다.

순간 소군은 벼락 맞은 개구리처럼 그 자리에서 뻗었다.

마혈과 아혈을 그대로 제압당한 것.

소군은 어이가 없었다.

그때 문득 자신이 마기를 어느 정도 되찾았다는 것을 깨달았다.

마령지체의 마기는 평범한 무사들은 느끼지 못한다.

하지만 상대가 평범한 무사가 아니라면?

하긴, 저 공자라는 사람은 평범한 사람이 아니었다.

수하도 찾지 못하고 신교로 돌아가지도 못하고 이대로 죽는 것일까?

소군의 머릿속에는 몇 안 남은 흐릿한 기억들이 주마등처럼 스쳐 지나갔다.

그때 설화가 다가왔다.

"공자님, 왜 그래요?"

"없어진 네 당과 말이야. 알고 보니 요 녀석이 가져간 것 같은데, 시치미를 뗀단 말이지. 여기 봐. 꼬치가 떨어져 있잖아. 꼬치 주변에 개미가 꼬이는 것을 보면 당과 꼬치가 확실하고……."

"공자님, 당과 하나 가지고 조그만 애를 점혈까지 하시면 어떻게 해요?"

"설화야, 바늘 도둑이 소도둑 되는 건 강호의 오랜 진리다. 그런 면에서 따끔하게 혼내 줘야 하지 않겠니?"

"그래도 너무해요. 혈도는 제가 풀게요."

설화는 고개를 휙 돌리더니 소군의 점혈을 풀기 위해 손을 썼다.

순간 소군은 어이가 없어 기혈이 역류할 뻔했다.

자신의 정체를 들킨 줄 알았는데 어이없게도 당과 하나 때문에 이렇게 제압하다니!

거기에 자신은 당과를 먹지도 않았다.

이것은 모함이었다.

소군은 억울한 마음에 점혈이 풀리면 바로 소리칠 작정이었다.

하지만 점혈이 풀리기는커녕 몸은 점점 굳어졌다.

소군은 눈동자를 돌려서 설화를 바라봤다.

시야에 이마에 맺힌 땀을 닦으며 혈도를 풀려 애쓰는 설화의 모습이 보였다.

픽, 픽.

설화는 연신 혈을 찔러 대며 소군의 마혈과 아혈을 풀어 주려고 노력하고 있었다.

하지만 설화가 손을 쓰면 쓸수록 소군의 몸은 굳어졌다.

소군은 당장이라도 그만두라고 외치고 싶었다.

소군의 외침에도 설화는 땀을 흘리며 혈도를 풀려 애썼다.

한참을 애쓰던 설화가 한숨을 쉬며 한빈을 바라봤다.

"공자님, 아무리 해도 해혈이 안 되네요. 이거 어떻게 된 거예요?"

"자꾸 남의 영업 비밀을 훔치려고 하지 마라, 설화야."

"그래도 좀 가르쳐 주시면 안 돼요?"

"그건 나중에……. 그리고 이 아이는 평생 몸을 움직이지 못할지도 모르겠네."

"그, 그게 무슨 말이에요?"

"내가 제압한 혈도를 네가 흩트려 놓은 덕분이야."

"저 때문이라고요?"

"이제는 누가 와도 이 아이를 정상적으로 돌리지 못해."

"헉."

설화가 입을 막았다.

소군의 이마에는 땀방울이 흘러내렸다.

기억도 돌아오기 전에 이게 무슨 일이 일어난 건지 알 수 없었다.

소군은 조용히 보름달을 바라봤다.

순간 기억이 하나 더 추가됐다.

자신이 왜 신교에서 나왔는지 기억난 것이다.

기억이 돌아온 소군은 부르르 떨었다.

그러고는 온 힘을 다해 외쳤다.

"내가 누군지 알고 이러는 것이냐?"

그 외침에 산새들이 날아올랐다.

푸드덕.

순간 설화는 소군을 보며 눈을 크게 떴다.

"어! 이제 혈도가 풀렸네."

"······."

소군은 자신의 입을 다급하게 막았다.

그때 설화가 뒤를 돌아보며 물었다.

"평생 몸을 움직이지 못한다면서요?"

"물론, 내가 없다면 말이지······."

"앗, 공자님, 애가 놀랐잖아요."

설화가 조심스럽게 소군을 가리켰다.

한빈은 설화를 무시하고 쓱 소군에게 다가갔다.

"그런데 지금 뭐라고 했어? 네가 누군지 아느냐고?"

"그, 그게······."

소군은 말을 맺지 못했다. 기억도 온전히 돌아오지 않은 상태에서 상대에게 자신의 정체를 밝힐 수는 없었다.

당황한 소군의 모습을 보던 한빈이 팔짱을 끼더니 소군을 쓱 살폈다.

"아무래도 수상한데!"

"저, 수상한 사람 아니에요."

소군은 재빨리 손을 내저었다.

일단 여기서 벗어난 후 후일을 도모하는 것이 맞았다.

그때 청화가 끼어들었다.

"공자님, 제가 심문할까요?"

"혹시 독으로 심문하려고? 그러다 애 잡지. 아서라, 아서."

한빈이 손을 흔들며 돌아서자 청화가 눈을 찡긋했다.

그 모습에 설화가 작게 고개를 끄덕였다.

돌아서서 모닥불로 향하던 한빈은 조용히 보름달을 바라봤다.

한빈이 느낀 기운은 분명히 마기였다.

그것도 고도로 정제된 순수한 마기.

문헌에 의하면 그런 마기를 지니는 경우는 딱 하나밖에 없었다.

한빈은 조용히 입꼬리를 올렸다.

어찌 보면 앞으로 일어날 정마대전의 열쇠를 손에 쥔 것일지도 몰랐다.

문제는 이 열쇠를 어떻게 가공하느냐였다.

그 열쇠의 성질에 따라 강호의 흐름이 바뀔지도 몰랐다.

일단은 이 아이의 마음을 여는 것이 먼저였다.

❧

이틀 후.

유림 서원이 있는 군자현.

유림 서원 때문인지 이곳 거리에는 유생들에게 필요한 도구를 파는 가게들이 제일 많았다.

거리를 둘러보던 한빈이 한 가게로 들어갔다.

한빈은 거침없이 붓과 종이를 사기 시작했다.

눈 깜짝할 사이에 한빈의 앞에는 붓과 종이가 한가득 쌓였다.

가게 주인은 당황한 표정으로 한빈에게 말했다.

"유생 같아 보이오만, 이렇게 많은 종이와 붓은 필요 없소. 유림 서원에 들어가면 기본적인 물품은 제공된다오."

가게 주인은 사람 좋은 얼굴로 손을 내저었다.

하지만 한빈은 그의 앞에 은전 몇 개를 올려놓았다.

"여기 있습니다."

"아니, 나야 팔면 좋지만, 그리 많은 종이는 필요가 없다고 해도……."

가게 주인은 말끝을 흐렸다.

갑자기 뒤쪽에 있던 설화가 순식간에 앞에 나타났기 때문이다.

"아마 모자랄지도 몰라요."

"허허, 공부에 필요한 물품은……."

"이건 공부에 필요한 물품이 아니거든요."

"종이와 붓이 공부에 필요한 물품이 아니라면 대체……."

"아저씨, 그건 비밀이에요."

설화가 눈을 찡긋할 때, 한빈은 벌써 가게 밖으로 나간 후였다.

"흠."

가게 주인은 조용히 건네받은 은전을 품속에 넣었다.

설화는 보따리에 종이와 붓을 넣더니 소군에게 건넸다.

"소군아, 이거 받아."

"이걸 왜 제가 들어요?"

"너도 이제 밥값 해야지. 어차피 유림 서원에 같이 들어갈 거잖아? 그러면 너도 일을 배워야지. 안 그래?"

"저는⋯⋯."

소군은 말을 잇지 못하고 입만 뻐끔거렸다.

아니라고 할 수도 없고 이곳을 떠나서 갈 곳도 없었다.

유림 서원이라면 그야말로 가장 안전하게 몸을 숨길 수 있는 곳이었다.

그때였다.

가게 주인이 조심스럽게 말을 꺼냈다.

"유림 서원에는 처음인가 본데⋯⋯."

"왜 그러시죠? 저희에게 할 말이라도 있으세요?"

설화가 고개를 갸웃하자, 가게 주인이 말했다.

"유림 서원에는 남녀 시종 중 한 성별만 데리고 들어갈 수 있소이다. 그런데 이 아이는 사내아이이고, 그쪽은 여아가 아니요?"

"음, 그렇긴 하네요."

"아마도 방을 배정받는 데 곤란을 겪을 것이외다. 내가 알기로는 여자 시종보다는 호위 무사를 대동하고 들어가는 유생들이 많았소. 참견하려는 것은 아니고 정문에서부터 곤란을 겪을까 봐 이야기해 주는 것이오."

"고마워요, 아저씨."

설화는 정중하게 인사를 건넨 후 나왔다.

이야기를 옆에서 들은 소군은 고개를 푹 숙였다.

때가 되면 이 무리에서 탈출하는 것이 맞지만, 지금은 여기에 숨는 것이 정답이었다.

설화는 나와서 한빈에게 가게 주인의 말을 그대로 전달했다.

하지만 한빈은 별일 아니라는 표정으로 웃기만 했다.

"공자님, 왜 웃으세요?"

"간단한 해결책이 있는데 뭘 그리 걱정해."

"해결책이요?"

"그냥 변장시키면 되잖아."

"변장시키다니, 그게 무슨 말이에요?"

"에이, 남자나 여자나 둘 중 하나로 통일시키면 되잖아. 설화와 청화가 남자로 변장하든가, 아니면 소군이 여자로 변장하든가."

"와, 공자님은 천재세요."

설화는 손뼉을 치며 소군을 바라봤다.

잠시 후.

그들이 묵던 객잔에서는 소군의 비명이 울렸다.

"악! 내가 누군지 아느냐?"

문틈 사이로 새어 나오는 소군의 목소리에 한빈은 피식 웃었다.

똑같은 외침을 몇 번을 들었는지 몰랐다.

그때였다.

소군이 들어갔던 문이 스르륵 열렸다.

그러고는 변장을 끝마친 소군이 나왔다.

그런데 설화와 청화의 표정이 이상했다.

설화는 떨떠름한 표정을 짓고 있고 청화는 놀란 듯 눈을 동그랗게 뜨고 있었다.

한빈은 설화와 청화를 번갈아 보다가 시선을 소군에게 옮겼다.

한빈은 설화와 청화의 표정이 왜 그러는지를 알 것만 같았다.

여장을 한 소군의 모습은 천상 여자아이였다.

올망졸망한 눈 코 입과 얼굴의 윤곽은 사내아이라고 생각할 수 없었다.

그야말로 완벽한 변장!

한빈은 설화와 청화의 어깨를 다독였다.

"수고했다. 너희의 변장 실력이 정말 발전했구나. 가만 보

자, 이 정도로 변장하려면 부분적으로라도 가피(假皮)를 사용
했을 듯도 한데…….”

한빈은 살짝 말끝을 흐렸다.

한빈이 말한 가피는 동물의 가죽을 얇게 가공해서 피부 위
에 붙이는 변장의 도구였다.

인피면구가 얼굴 전체를 가리는 데 비해, 가피는 부분적으
로 입체감을 줄 때 사용된다.

한빈은 뚫어지라 소군의 얼굴을 바라봤다.

그러고는 탄성을 터뜨렸다.

“너희의 실력은 정말 완벽하구나! 아무리 생각해도 가피의
흔적이 안 보여.”

“…….”

하지만 설화와 청화는 묵묵부답이었다.

이런 칭찬을 받으면 기뻐서 날뛰는 것이 설화였다.

뭐, 소군이 저렇게 삐져 있는 것은 당연했다.

사내놈에게 여장을 시켰으니 기뻐할 사람이 어디 있겠는
가?

한빈은 기분 좋은 듯 설화와 청화를 쓰다듬었다.

순간 한빈이 눈을 가늘게 떴다.

머리를 쓰다듬는데도 반응이 없다고?

고개를 갸웃한 한빈은 다시 소군을 바라봤다.

이 정도면 유림 서원에서 들킬 염려는 없었다.

거기에 더해 이 정도의 변장이라면 누구도 소군의 정체에 대해 알 수 없었다.

그야말로 한빈의 계획이 완벽하게 맞아떨어진 것이었다.

한빈은 빙긋 미소를 지으며 소군의 볼을 잡았다.

소군이 귀엽기 때문에 잡은 것도 있지만, 마지막으로 이 변장의 견고함을 확인해야 했다.

한빈이 활짝 웃으며 말했다.

"이제 여자아이의 티가 나네. 이 정도면 백 점을 주마."

순간 소군의 눈썹이 꿈틀댔다.

소군은 못 참겠다는 듯 한껏 표정을 찡그리더니 입을 열었다.

"지금 뭐 하는 거야? 내가 누군지 알고?"

소군은 참지 못하고 마령지체가 담고 있는 마기를 실어 사자후를 내질렀다.

순간 소군의 눈이 커졌다.

우선 이성을 잃은 자신의 행동 때문에 놀랐다.

하지만 더 중요한 것은 마기가 전혀 융통이 되지 않는다는 점이었다.

이것은 자신이 상상도 하지 못한 일이었다.

보름달이 떴을 때 모아 놓은 마기마저 한 톨도 남아 있지 않은 느낌이었다.

그보다 더 이상한 것은 마기를 잃었는데도 기억은 남아 있다는 점이었다.

　모든 기억은 아니지만, 며칠 전 찾은 기억은 온전히 남아 있었다.

　소군은 지금 상황이 이해가 안 되었다.

　그때 한빈이 눈매를 좁히며 물었다.

　"그러니까, 네가 누군데?"

　"아, 죄송해요. 저도 모르게……."

　소군은 살짝 고개를 돌렸다.

　이럴 때는 후퇴가 최고였다.

　소군은 상대의 정체에 대해서 아직 모르고 있었다.

　설화와 청화라는 두 시녀는 상대를 '공자님'이라고 부르기만 했지, 이름을 꺼낸 적이 없었다.

　그렇다고 물어볼 수도 없는 일이었다.

　괜히 물어봤다고 '너는 누구냐'라고 물어 오면 자신만 곤란했다.

　소군이 당황하고 있을 때였다.

　설화가 나지막한 목소리로 끼어들었다.

　"공자님, 우리가 변장을 잘한 게 아니에요."

　"이 정도면 만점인데, 잘한 게 아니라니? 너무 겸손을 떨어도 좋아 보이지 않는 법이지."

　"그게 아니라, 소군이는 원래 여자아이예요."

　"뭐? 그러니까……."

한빈은 자신의 귀를 의심했다.

당황한 한빈의 모습에 청화도 조심스럽게 말했다.

"설화 언니 말이 맞아요. 소군이는 원래 여자아이예요. 저희가 착각한 거예요."

"꾀죄죄한 모습에 그렇게 피까지 흠뻑 뒤집어쓴 데다 짧은 머리까지……. 솔직히 착각 안 할 수가 없죠. 여자아이가 남자아이로 변장하고 있었던 것 같아요."

말을 마친 설화는 소군을 가리켰다.

소군은 죄인처럼 시선을 피하고 있다.

그때 한빈이 아무렇지 않게 말했다.

"잘됐네."

"네?"

설화가 눈을 크게 뜨자 한빈이 손을 내저었다.

"어차피 여자아이로 변장시켜서 데려가려고 했는데, 원래 여자아이라면 잘됐잖아. 하늘은 스스로 돕는 자를 돕는다고 하더니……. 옛말이 틀린 게 없어."

"아, 공자님, 이건 스스로 도운 것도 아니잖아요."

"그냥 그렇다고 치고, 우리는 맛있는 거나 먹으러 가자."

한빈이 밖을 가리켰다.

순간 설화의 눈이 빛났다.

"제가 이곳에서 당과를 제일 맛있게 만든다는 곳을 알아냈거든요."

"그래. 오늘은 좀 쉬는 게 좋겠다."

한빈이 고개를 끄덕이자 청화가 옆으로 슬쩍 다가왔다.

"저도 봐 둔 떡집이 있어요, 공자님."

"그래, 알았다. 소군이는?"

한빈은 소군을 바라봤다.

하지만 소군은 아무 말도 할 수 없었다.

숨기려고 하는 것이 아니라 자신이 뭘 좋아하는지 머릿속에 떠오르지 않았다.

"……."

멍하니 있는 소군을 본 한빈이 말했다.

"뭘 좋아하는지 모르면 일단 다 먹어 보면 되지, 뭘 그리 고민해."

"그, 그것도 그러네요."

소군이 마지못해 답했다.

하지만 소군의 눈빛에는 의문이 한가득이었다.

자신의 정체가 들통난 후에 일행의 태도가 너무 이상했다.

보통은 꼬치꼬치 사연이라든가 출신을 캐물어야 정상이 아니던가?

그런데 이 사람들은 아무렇지 않게 뭘 먹을지를 걱정하고 있었다.

설화와 청화라고 불리는 시녀들도 이상했다.

자신이 여자아이라는 것을 안 후에도 놀라지 않고 묵묵히

치장을 해 줬다.

물론 나와서는 놀란 얼굴을 했지만, 그 전까지는 놀란 티도 내지 않았다.

아무리 봐도 보통 일행은 아니었다.

하지만 지금은 이곳에 묻혀 가는 수밖에 없다고 생각했다.

지금 소군에게 선택의 여지는 없었다.

한빈은 그런 소군을 조용히 바라봤다.

소군의 마기는 한빈이 억제해 놓은 상태였다.

이것은 점혈을 하는 수법과도 같았다. 어찌 보면 점혈보다는 산공독에 가깝다고 봐야 했다.

한빈이 쓴 수법은 용린검법의 초식 중 금제법에 해당하는 근묵자흑이었다.

근묵자흑은 머릿속에 한빈의 구결을 심어 놓을 수 있었다.

그 구결을 통해 단 한 명을 금제할 수 있는 방법.

근묵자흑은 일전에 아미백선 정소군에게 쓴 적이 있었다. 하지만 그 후 한빈은 아미백선에게 구결을 회수했기에 다시 금제법을 걸 수 있었다.

한빈이 소군에게 심어 놓은 구결은 바로 '심(心)'이었다.

심은 진룡파혼검을 운용할 때 필요한 속성이었다.

용린의 기운이 가장 잘 함축되어 있는 초식이기에, 소군에게 들어가서 적절하게 마기를 막고 있는 것이다.

소군은 영문도 모른 채 마기를 금제당한 상태였다.

정마대전의 열쇠를 쥐고 있는 소군을 데리고 다니려면 이
정도의 대비는 해 두는 것이 맞았다.

　잠시 후.
　한빈 일행은 팔 층 전각의 아래에 서 있었다.
　그곳의 중간에는 커다란 현판이 하나 달려 있었다.
　만향각(滿香閣).
　한빈은 설화를 보며 물었다.
　"네가 말한 곳이 여기라고?"
　"네, 맞아요. 여기가 군자현에서 당과를 제일 맛있게 만든
대요."
　설화가 당당히 말하자 청화도 끼어들었다.
　"맞아요. 제가 봐 둔 떡집도 이곳이에요."
　청화가 만향각을 가리키자, 옆에 있던 소군은 고개를 갸웃
했다.
　그 모습에 한빈이 웃으며 말을 이었다.
　"설화와 청화의 말이 모두 옳다고 생각한다. 만향각은 군
자현에서도 유명한 곳이지. 만향이란, 중원 곳곳의 향기가
난다고 해서 붙여진 이름으로……."
　한빈은 활짝 웃으며 만향각에 대한 설명을 이어 나갔다.

한빈은 전생에도 이곳에 꼭 와 보고 싶었다.

정보로만 접한 음식점이 바로 만향각이었다.

군자현은 중원 각지의 유생이 몰려드는 곳이었다.

그런 이유로 만향각은 중원 각지에서 유명하다는 음식을 모두 재현했다.

그 맛도 현지에서 유명하다는 음식점에 뒤처지지 않으니, 유명할 수밖에 없었다.

설화가 말한 당과도.

청화가 말한 떡도 모두 만향각에서 맛볼 수 있었다.

문제는 그때부터였다.

한빈의 설명은 일각이 지나도록 끝나지 않았다.

설화는 볼을 부풀리며 한빈의 설명이 끝나기를 기다렸다.

옆을 힐끔 보니 사람들이 몰려들기 시작했다.

지나가는 사람들은 걸음을 멈추고 이쪽을 보더니 다들 한마디씩 했다.

들리지는 않았지만, 표정으로 봐서 이곳의 점소이가 아니냐는 표정이었다.

어떤 이는 제법 많은 시간을 할애해서 한빈의 설명을 듣고 갔다.

그때였다.

옆에서 꼬르륵 소리가 흘러나와서 보니 청화가 배를 만지고 있었다.

소군은 아예 넋이 나가 있었다.

그 모습에 설화가 결심한 듯 외쳤다.

"공자님, 저희 배고파요!"

"알았다. 그래도 일단 시작했으니 마무리는 지어야겠지."

"거의 끝난 거 맞죠?"

"이제 시작이다, 설화야."

"헉!"

설화가 비명을 토해 내자 한빈이 씩 웃으며 말을 이었다.

"이제 올라가자. 확인해야 할 것은 다 확인했으니까."

"헉, 뭘 확인하신 거예요?"

"그건……."

"비밀이죠?"

설화가 씩 웃으며 한빈의 뒤를 따랐다.

한빈이 만향각으로 들어서자 점소이 하나가 재빨리 뛰어왔다.

점소이는 글자가 적힌 모자를 쓰고 있었다.

칠십이(七十李).

앞에 칠십은 점소이의 고유 번호고 뒤에 적힌 것은 점소이의 성이었다.

이것은 만향각만의 특징었다.

이곳 만향각의 점소이들은 매출에 따라 자신의 몫을 분배받는다.

덕분에 이들은 중원 전역에서도 가장 친절하다는 평가를 받는다.

물론 돈을 많이 쓰는 손님에게 한정된 평가이기도 했다.

점소이의 허리가 낫처럼 꺾였다.

"어서 옵쇼. 어디로 모실까요? 만향각은 일 층부터 팔 층까지……."

한빈이 손바닥을 보였다.

"설명은 됐고 천천히 둘러보고 정하지."

그 모습에 설화와 청화는 서로를 바라봤다.

이제까지 귀가 아플 정도로 설명은 한 게 누구던가?

그런데 정작 본인은 귀찮다는 듯이 단호한 표정을 짓다니!

설화가 고개를 돌리니 소군마저 고개를 끄덕인다.

그때 점소이가 조심스럽게 말을 이었다.

"그게 저희 만향각은 층마다 가격이 달라서 일단 설명을 듣고……."

"설명은 됐다고 해도. 일단 천천히 올라가 보지. 다시 내려오는 일은 없을 테니 걱정하지 말고."

한빈이 사람 좋은 얼굴로 점소이의 어깨를 토닥였다.

순간 점소이의 입가에 피어나는 염화미소.

그 미소에 설화는 혀를 찼다.

저것은 진정한 영업용 미소였다.

한빈은 점소이의 안내를 받아 천천히 한 층 한 층 오르기 시작했다.

한빈은 쓱 훑어보더니 점소이에게 턱짓했다.

한 층 더 올라가자는 신호였다.

그렇게 올라온 것이 벌써 육 층이었다.

이쯤 되니 점소이는 불안해질 수밖에 없었다.

그도 그럴 것이 만향각은 한 층을 오를 때마다 가격이 비싸진다.

하지만 음식이 달리 나오는 것은 아니었다.

품질은 같지만, 가격만 높아진다.

다만 다른 점은 주문할 수 있는 음식의 종류가 많아진다는 점과, 가격이 비싼 관계로 자리를 잡기 편하다는 것이었다.

올라가면 올라갈수록 매상이 높아지지만, 손님이 그 가격을 감당할 수 있을지는 또 다른 문제였다.

육 층을 힐끔 본 한빈이 다시 턱짓했다.

"다음 층도 좀 봅시다."

순간 점소이의 얼굴색이 변했다.

이제는 눈앞에 손님이 간만 보다 튈 사람이라 확신한 것이다.

점소이는 재빨리 손을 내저었다.

"손님, 그러지 마시고 일단 가격에 대한 설명부터……."

"다 알고 있으니 걱정하지 마시라니까."

한빈이 또 사람 좋은 얼굴로 웃자, 점소이는 잠시 심호흡

하는 듯 보였다.

그러고는 다시 손짓했다.

"그럼 일단 올라가시죠."

"안내하시죠."

한빈이 미소를 머금고 턱짓하자 점소이는 천천히 계단을 올랐다.

그 모습이 마치 도살장에 끌려가는 소와도 같았다.

만약 음식값을 못 내게 된다면 그것은 모두 점소이가 부담하게 된다.

그것이 만향각의 법칙이었다.

그러니 점소이는 긴장할 수밖에 없었다.

돈을 못 버는 것이 문제가 아니라 칠 층 이상에서 무전취식 문제가 터지게 되면 몇 달 동안 모아 놓은 돈이 모두 날아가게 되는 것이다.

점소이는 진심으로 칠 층은 올라가기 싫었다.

하지만 손님이 이리 우기는데 뭐라 할 수도 없는 일이었다.

올라가서 음식값이 너무 많이 나온다 싶으면 선불을 받을 작정이었다.

점소이는 주먹을 불끈 쥐며 칠 층으로 안내했다.

"자, 이쪽으로 오시죠."

"흠, 적당하군요."

한빈이 처음으로 고개를 끄덕였다.

순간 점소이는 안도의 한숨을 내쉬었다.

칠 층에서 머문 것이 다행이라 생각한 것이었다.

사실 한 층 더 올라간다고 무슨 문제가 있겠냐는 이도 있을 수 있다.

하지만 만향각의 칠 층과 팔 층은 전혀 다른 세상이었다.

일 층에서 칠 층까지는 가격이 이 할씩 뛰지만, 칠 층에서 팔 층으로 올라가면 무려 열 배 이상이 뛴다.

군자현에 있는 모든 이가 알고 있는 사실.

점소이는 다행이라 생각하며 앞장서서 안내했다.

순간 청화는 힐끔 설화를 바라봤다.

한빈이 어떤 기준을 가지고 칠 층이 괜찮다고 하는지를 알 수 없어서였다.

설화는 고개를 작게 저었다.

어떤 기준에서인지는 설화도 몰랐다.

안쪽에는 커다란 탁자가 열 개 정도 있었다.

거기에 그 사이의 간격도 제법 넓어서 딱 봐도 쾌적해 보였다.

칠 층이 비싸다고 하지만 칠 층에서 반 정도는 자리가 차 있었다.

역시 이곳 군자현에는 돈 있는 자들이 넘쳐 난다고 설화는 생각했다.

한빈이 점소이의 뒤를 따르고 설화와 청화는 한빈의 뒤를 따르는 모습이, 오리가 줄지어 길을 걷는 모습과도 흡사했다.

소군의 눈에는 일행의 모습이 신기하기만 했다.

모든 행동이 비밀스러워 보였고 모든 말 속에 뼈가 있는 것처럼 들렸다.

모든 기억을 찾지는 않았지만, 신교의 첩자들도 저렇게 비밀스럽지는 않았을 것 같았다.

거기에 식사하러 가는 자리에 보따리를 들고나온 설화의 모습은 더욱 이해가 되지 않았다.

정체가 뭘까 고민하는 소군의 귀에 설화의 외침이 꽂혔다.

"거기서 안 오고 뭐 해!"

"네. 알았어요, 언니."

이제는 언니라는 말이 술술 나오는 소군이었다.

소군은 설화와 청화의 뒤를 졸졸 쫓아갔다.

자신의 꼴이 왜 이렇게 되었는지 알 수 없었다.

분명 자신의 신분은 신교에서도 지고지순한…….

소군은 생각을 이어 가지 못했다.

갑자기 옷에 뭔가 걸린 느낌이 들어서였다.

순간 뒤를 이어 접시 깨지는 소리가 들렸다.

쨍그랑.

그 소리에 소군은 상념에서 깨어났다.

고개를 돌려 보니 비단옷의 유생이 턱을 매만지고 있었다.

단아한 눈썹에 귀공자 같은 외모.

여느 유생처럼 상투를 틀어 올렸지만, 은빛 비단으로 만든 속발관으로 정갈하게 마무리했다.

유생의 은빛 속발관은 그의 신분을 나타낸다.

금빛 속발관은 황족에게만 허용된 것.

그 아래 은빛 속발관은 왕족 혹은 고위 관료와 그 가족에게만 허용된 것이다.

거기에 칠 층에 있다는 것은 돈도 넘쳐 난다는 뜻.

하지만 소군의 눈에는 그의 거만한 눈빛만이 들어왔다.

그는 앉은 자세에서 아래를 보고 있는데, 절대 고개를 숙이지 않는 모습이 거만함이라는 호신강기를 두르고 있는 것처럼 보였다.

소군은 사실 지금 어찌해야 할지를 몰랐다.

어렴풋이 떠오르는 기억이지만, 자신은 고개를 숙인 적이 없었다.

고개를 숙일 일이 있었다면 그 일을 지워야 한다고 배웠던 것 같았다.

여기서 지운다는 것은 상대를 세상에서 없애 버리는 것을 말한다.

신교를 상징하는 자는 그 정도의 위엄은 있어야 한다고 배웠던 기억이 난다.

소군은 자신의 손을 바라봤다.

그때 설화가 소군의 어깨를 잡았다.

소군은 설화를 바라봤다.

설화는 빙긋 웃으며 소군을 살짝 뒤로 끌었다.

그러고는 소군 대신 앞으로 나아갔다.

"죄송해요. 저희가 식사를 방해한 것 같네요. 음식은 저희가 물어 드릴게요."

설화는 살짝 고개를 숙이고 뒤를 바라봤다.

그곳에는 한빈이 그 정도면 되었다는 듯 웃고 있었다.

그때 은빛 상투의 상대가 눈을 가늘게 뜨고 한빈을 바라봤다.

그것도 잠시, 사내는 웃음을 터뜨렸다.

"허허, 음식값으로 대신하겠다고?"

"접시값도 만향각에 물어 줘야겠죠."

설화가 답하자 사내의 웃음이 더욱 커졌다.

"하하, 재미있는 아이들이구나."

"감사해요."

설화는 살짝 고개를 숙이고 몸을 돌렸다.

그때 뒤쪽에서 사내가 낮은 목소리로 말을 이었다.

"그런데, 내 잃어버린 시간은 어떻게 하지?"

그 질문에 설화가 몸을 돌렸다.

"잃어버린 시간이라니요?"

"지금도 내 잃어버린 시간은 계속 늘고 있는데……."

사내가 자신의 아래를 가리키자 설화가 고개를 갸웃하며
답했다.

"그건 저희도 마찬가진데요."

"복색을 보아하니 너희도 유림 서원에 가는 길인 모양이구
나. 시비가 들고 있는 보따리도 그렇고 말이야."

"네, 저희도 공자님을 모시고 가는 길이에요. 그런데 저희
신분은 비밀이에요."

이제는 비밀이란 말이 입에 붙은 설화.

비밀이란 단어에 상대의 눈썹이 꿈틀대기 시작했다.

그것도 잠시, 사내는 마음을 다스리려는 듯 작게 심호흡한
후 주변을 바라봤다.

사내가 향한 곳에는 유생으로 보이는 사내들이 몇 있었다.

그들은 모두 사내를 바라보고 있었다.

사내는 동료 유생들의 눈치를 살핀 후 말했다.

"흠, 그럼 이렇게 하지. 내 시간을 빼앗은 것을 용서할 테
니, 자네들이 내 체면을 세워 주고 가야겠네."

"체면을 어떻게 세워 드려요?"

"어떻게 하는 것이 좋을까……."

사내는 주변을 쓱 훑어봤다.

동료 유생들의 표정을 살피는 것 같았다.

그중 하나가 입 모양으로 뜻을 전한다.

사내는 알아들었다는 듯 고개를 끄덕이며 말했다.

"그럼 이렇게 하지. 유림 서원에 온 저 공자분이 노래를 하고 너희는 춤을 춰서 흥을 돋우면 내 이번 무례를 용서해 주지."

"지금 우리보고 춤을 추라고요?"

"그렇지. 그리고 우리 음식을 쏟은 저 아이는 너희가 춤을 추는 동안 음식을 핥아서 바닥을 청소했으면 하네."

그 말에 뒤쪽에 있던 소군이 소리쳤다.

"너는 내가 누군지 아느냐? 이런 무례한 놈 같으니라고!"

순간 주변은 적막에 싸였다.

이곳에서도 가장 힘이 없어 보이고 어린 소군이 이리 나서 자 뭐라 할 말이 없었다.

침묵도 잠시, 은빛 상투의 사내는 코웃음 쳤다.

"그래서 너는 누군데?"

"흠."

소군은 이를 악물었다.

버릇처럼 말이 튀어나오긴 했어도 답할 수는 없었다.

여기에서 자신의 신분을 밝힌다고 해도 믿어 줄 이도 없었고, 믿어 줄 이가 있다 하더라도 그는 적일 가능성이 높았다.

사실 사내와 신경전을 이어 가던 설화도 지금 상황은 어이없었다.

사실 설화는 이 사내를 어떻게 요리할까를 고민하고 있었다.

걸리는 것은 사내가 유림 서원의 유생이라는 것밖에 없었다.

그것을 제외하고는 사내를 요리하는 데는 문제가 없었다.

다만, 방법이 문제였다.

상대를 힘으로 누르는 것은 하책이라 들었다.

중책은 상대에게 돈을 빼앗는 것.

상책은 상대에게 권력을 빼앗는 것이다.

이 모든 것은 한빈의 가르침이었다.

강호에는 강한 놈이 상전이라는 속담이 있다.

그런데 유생들이 사는 세상은 강한 놈이 상전을 넘어서 강한 놈이 황제라도 되는 듯했다.

설화가 보기에는 썩은 내가 진동을 하고 있었다.

하지만 갑작스러운 소군의 발언에 상황이 살짝 꼬였다.

상대의 심기를 살살 건드려 도발하려는 도중 긴장의 끈이 확 풀려 버렸다.

일단은 후퇴하고 다시 도발을 시작해야 했다.

설화는 소군의 소매를 잡아끌었다.

"얘가 좀 아파서요."

"……."

소군이 말없이 설화에게 끌려 나가자 사내가 비릿한 웃음을 지었다.

사내의 이름은 양석봉.

대대로 고관대작을 배출해 낸 안휘석가의 직계였다.

일곱 살에 사서삼경을 모두 독파하고 열 살에 향시에 합격했다.

사실 관직에 언제 나가느냐 하는 것은 문제가 안 되었다.

어떤 길로 가야 빨리 재상의 자리에 도달할지를 고민하고 있는 자였다.

황족을 제외하면 자신의 또래는 모두 발아래에 있다고 생각하는 자였다.

그런데 이런 황당한 상황을 맞자 기분이 상할 대로 상했다.

그는 웃음을 지우고 고저 없는 억양으로 물었다.

"그래서 어떻게 할 텐가?"

그때였다.

가장 뒤쪽에 있던 한빈이 조용히 걸어 나왔다.

그 모습에 사내는 슬쩍 자신의 호위에게 신호를 보냈다.

만일에 대비하라는 뜻이었다.

사내의 호위들은 슬쩍 허리에 찬 검집에 손을 올려놓았다.

한빈은 주변의 시선에도 아랑곳하지 않고 사내의 앞에 섰다.

그러고는 친근한 눈빛으로 사내를 바라봤다.

그것도 잠시, 한빈은 빈자리에 아무렇지 않게 앉더니 상체를 쓱 양석봉 쪽으로 내밀었다.

한빈은 마치 남들은 들으면 안 된다는 듯 은밀하게 입을 열었다.

"이렇게 하는 게 어떻겠습니까?"

"……."

양석봉은 그저 황당하다는 듯 한빈을 바라봤다.

자신이 수치심을 안겨 줬는데도 이리 친근하게 나오는 것을 보면, 근본 없는 가문의 자제임이 분명했다.

양석봉은 슬쩍 몸을 뒤로 뺐다.

근본 없는 가문의 자제와 이리 가까이 있는 것이 불쾌했다.

그때 한빈은 사내가 뒤로 물러난 만큼 상체를 기울였다.

그러고는 다시 은밀한 말투로 말했다.

"유림 서원에 입학한 유생 혹은 입학할 유생의 경우, 서원의 학칙에 적용을 받는다는 것을 알고 계십니까?"

"험."

갑자기 학칙 이야기가 나오자 양석봉은 헛기침을 했다.

아무리 명성이 드높은 가문이라도 유림 서원의 학칙은 무시할 수 없었다.

그때 한빈이 다시 말을 이었다.

"유림 서원의 학칙은 이곳 서원뿐 아니라 군자현에도 적용된다는 걸 아십니까? 서원 학칙 삼백이십이 조입니다."

"……알고 있네만은 왜 그러는가?"

"그러면, 유생끼리의 대결은 불가능하다는 것도 알고 계시겠군요. 그러니까, 가문의 힘으로 상대를 누르면 학칙 위반입니다."

"……."

"그래서 하나 제안드리겠습니다."

"무슨 제안인가?"

"수하끼리 재능을 겨루는 겁니다. 그래서 패자가 상대의 음식값을 내주는 것으로 마무리 짓도록 하죠."

"음."

양석봉은 침음을 흘렸다.

그때 주변의 유생들이 사내를 바라보며 입 모양으로 외쳤다.

받아들이라는 뜻이었다.

그 전까지는 어떤 방법으로든 상대를 억누르려고 했지만, 상대방의 입에서 학칙 이야기가 나오자 나머지 유생들도 마음이 변한 것이었다.

유생 간의 대결이 불허하다는 것은 누구나 알고 있는 것이었다.

하나, 그들은 군자현에까지 그 학칙이 적용된다는 것은 오늘에서야 알게 되었다.

주변의 시선에 양석봉이 고개를 끄덕였다.

"그리하도록 하지. 다만!"

말을 단호하게 끊는 양석봉의 모습에, 한빈은 웃으며 답했다.

"말씀하시지요."

"수하들끼리 무엇을 겨룰지는 내가 정하도록 하지."

"네, 그러시지요."

바로 고개를 끄덕이는 한빈의 모습에 양석봉은 환하게 웃었다.

이제야 상대의 의도를 알아챈 것이다.

상대는 사과의 의미로 이곳의 음식값을 모두 부담하려는 것이다.

행색이 그리 넉넉해 보이지는 않았다.

아마도 자신과 친구들을 알아보고 고개를 조아리려 하는 것이 분명했다.

양석봉의 입가에는 미소가 번졌다.

그 결과 이런 무리한 제안을 하는 것이고 말이다.

양석봉은 그 성의를 받아 주기로 했다.

다만 한 가지 걱정되는 것이 있었다.

그것은 상대가 이곳의 비용을 치를 능력이 있느냐였다.

"먼저 한 가지를 확인하지."

"말씀하시지요."

"여기 음식값을 치를 능력이 되는가? 만약 자네가 여기서 값을 치르지 않고 도망치면 내 명성이 땅에 떨어질 것이 아닌가?"

"그건 걱정하지 않으셔도 됩니다."

한빈은 씩 웃으며 품에서 주머니 하나를 꺼냈다.

그의 손에는 자그마한 야명주 하나가 빛을 내고 있었다.

크기는 작지만 누가 봐도 최상급의 품질이었다.

한빈은 자리에서 일어나서 점소이에게 걸어갔다.

다가오는 한빈을 본 점소이는 뒤로 물러났다.

갑자기 묘한 싸움에 말려든 기분이 들었다.

이건 몇 달 치 삯이 문제가 아니라 자칫하면 목이 오락가락할 상황까지 일이 번진 느낌이었다.

점소이가 당황하고 있을 때 한빈이 손을 내밀었다.

"이것 좀 봐 주게."

"네?"

"이 물건의 가치를 봐 주게. 오늘 밥값으로는 충분한지 봐 달라는 말이지."

"헉!"

"왜, 모자라면 하나 더 꺼내고."

"아닙니다요. 이 정도면 만향각 칠 층을 달포간 빌리셔도 될 돈입니다."

"그럼 이건 자네가 잠시 맡아 두도록 하게."

"이걸 왜 제가 맡아야……."

"내가 지면 자네는 이것으로 저 손님들의 밥값을 내면 된다네."

"허, 아무리 그래도 이건 너무 값이 나가는 물건이라······."

"뭐 내가 이기면 그때는 돌려주면 되니 그리 부담 가지지는 않았으면 좋겠네."

한빈은 점소이의 어깨를 가볍게 토닥인 후 다시 돌아왔다.

"······그렇다는군요. 그럼 저도 한 가지 확인할 게 있습니다."

"뭔지 말해 보게."

"저는 야명주로 값을 치를 준비가 되어 있다는 것을 증명했습니다. 공자님은 무엇으로 증명하실는지요?"

"자네는 내가 누군지 모르는가?"

"네, 모릅니다. 꼭 제 막냇동생이 하는 말과 똑같군요."

한빈은 고개를 돌려 소군을 바라봤다.

한빈의 시선에 소군은 다급하게 고개를 돌렸다.

그는 동생이라 칭하자 어쩔 줄 몰라 했다.

양석봉은 그 나름대로 자신과 시녀를 비교하는 말이 기분이 좋을 리 없었다.

기분이 상한 양석봉의 미간에 주름이 잡혔다.

"허, 농이 과하군. 게다가 시녀보고 동생이라고? 신분에 귀천이 분명 존재하거늘."

"저를 돕긴 하나 그들을 시녀라 생각한 적이 없습니다. 그들은 저와 계약으로 이어진 동생들입니다."

순간 설화와 청화가 서로를 바라봤다.

계약으로 이어졌다는 말은 들어오지도 않았다.

오로지 동생이란 단어만이 그들의 귀에 박혔다.

소군도 당황스럽기는 마찬가지였다.

기억도 온전치 않은 지금 믿을 사람은 없다고 생각했다. 그런데 자신을 동생이라 칭하는 사람이 나타나자 가슴에 암기가 들어오는 느낌이었다.

주변의 시선에는 아랑곳하지 않고 한빈이 말을 이었다.

"지금은 그게 중요한 것이 아니고 약속을 지킬 수 있을지 없을지의 여부가 중요하다고 생각합니다. 제 야명주와 맞먹는 돈이 지금 있으신지요?"

"험."

양석봉은 고개를 돌리며 헛기침했다.

동시에 주위의 유생들을 바라봤다.

눈이 마주친 유생들은 자신의 전낭을 꺼내 탁자 위에 올려놓는다.

그러고는 다급하게 고개를 휙휙 돌린다.

전낭을 살펴본 양석봉의 눈썹이 눈에 띌 정도로 꿈틀했다.

상대가 내민 야명주와는 비교할 수 없었다.

하지만 이곳에서 자신뿐 아니라 상대의 밥값을 걱정할 돈은 아니었다.

"이거면 되겠나?"

"저희가 많이 먹을 수도 있지 않습니까?"

"먹어 봤자 얼마나 먹는다고 그러나?"

"보기보다 저희가 조금 양이 많습니다."

"허허."

"그럼 이렇게 하시지요."

"어떻게 말인가?"

양석봉의 말에 한빈이 손가락을 튕겼다.

동시에 뒤쪽에 있던 설화가 보따리를 들고 쏜살처럼 뛰어나갔다.

설화는 마치 약속이나 한 듯 보따리를 그들이 있는 탁자 위에 펼쳤다.

그러고는 조심스럽게 먹을 갈기 시작했다.

먹을 간다는 것은 공부의 기본이었다.

갑작스러운 행동이지만, 유생들은 설화를 말리지 않았다.

안하무인이던 양석봉마저 팔짱을 끼고 설화가 먹을 가는 모습을 바라봤다.

그 모습에 유생들의 눈이 동그랗게 변했다.

난데없는 상황이었지만, 더욱 놀라운 것은 바로 설화의 모습이었다.

어떤 유생 하나가 자리에서 일어났다.

"허허, 먹을 가는 것을 보니 동작이 잘 정돈되어 있군. 우리가 시녀라고 한 것은 사과하지."

"흠, 나도 인정 안 할 수가 없군. 저런 동작은 십수 년은 꾸준히 먹을 갈아야 나오는 동작이지."

"맞네. 우리가 외모만 보고 섣불리 판단한 듯싶네."

"쉿, 먹을 가는 데 방해되네. 일단 구경부터 하세."

주변의 웅성거림에도 설화는 귀를 막은 듯 평온한 표정으로 먹을 갈고 있었다.

하지만 설화는 그들의 목소리를 모두 듣고 있었다.

표정으로 나타내지 않을 뿐이었다.

설화는 먹을 가는 행위에 대해서 무엇보다 중요하게 생각하고 있었다.

먹을 가는 것은 계약의 시작이라 한빈은 늘 말하곤 했었다.

설화는 계약이 어떤 의미인지 누구보다 더 잘 알고 있었다.

계약은 곧 상대에게 빨대를 꽂는 행동이었다.

계약에 앞서 의관을 단정히 하고 표정을 감춰야 했다.

야생에서 맹수가 먹이를 쫓으며 먼저 포효를 하던가?

아니면, 매가 쥐를 낚아챌 때 미리 날갯짓하던가?

모든 맹수는 적의 목에 이빨을 꽂아 넣을 때까지 본색을 드러내서는 안 된다.

그것은 설화가 한빈에게 배운 덕목 중 하나였다.

설화는 그 가르침에 충실히 따르고 있을 뿐이었다.

그런데 이런 찬사를 받다니!

설화로서는 그저 놀라울 뿐이었다.

설화는 비슷한 힘과 비슷한 속도로 천천히 먹을 갈다가 동작을 멈췄다.

"공자님, 다 됐어요."

"수고했다, 설화야."

한빈이 고개를 끄덕이자 설화는 커다란 탁자 위에 종이를 활짝 펼쳤다.

마치 봉황이 날개를 펼치듯 시원하게 탁자 위에 깔린 한지.

한빈은 조용히 세필을 꺼내 들었다.

'전광석화.'

검술이나 서예나 끝에 이르러서는 한 가지로 통하는 법이었다.

만류귀종은 예나 지금이나 진리였다.

휙, 휙.

한빈의 붓이 날듯이 한지 위를 누볐다.

아마 넓은 광장에서 한빈이 구걸십팔보를 펼친다면 이렇게 시원한 글씨체가 나올 수 있을지 몰랐다.

한빈의 붓은 경공술을 펼치듯 한지 위를 누볐다.

순간 유생들은 다시 탄성을 토해 냈다.

"허허허. 저 서체를 한번 보게. 분명히 명문가의 자제가 분명하네."

"그렇다면 우리가 실수를 한 게지."

"흠, 나중에 사과라도 해야 할 듯싶네."

그들은 진정으로 감탄했다.

오죽하면 양석봉마저 한빈의 속도에 감탄했다.

양석봉은 잠시 생각에 빠졌다.

자신이라면 저리 붓을 빨리 움직일 수 있을까?

양석봉은 바로 고개를 저었다.

상대를 인정하자 속에서는 불길이 솟아올랐다.

자신은 안휘를 넘어 중원 전체의 천재라 소문이 난 유생이었다.

그런데 자신보다 더 빨리 쓰는 자가 있다니.

심지어는 그 서체 또한 정갈했다.

이것은 있을 수 없는 일이었다.

감탄도 잠시, 양석봉은 이번 기회에 상대를 철저히 눌러 주기로 결심했다.

그는 힐끔 자신의 호위를 바라봤다.

양석봉의 호위가 누구던가?

그의 아비가 안휘의 천재라 소문난 자식을 보호하기 위해, 중원의 검객 중에 추리고 또 추려 최후에 결정한 일인이었다.

양석봉은 미안한 표정으로 한빈의 붓 끝을 바라봤다.

그때 마침 한빈의 붓 끝이 멈췄다.

탁.

한빈의 글을 본 모든 유생은 눈을 크게 떴다.

다 써 놓고 보니 가로와 세로에 자를 대고 선을 그은 것처럼 한 치의 오차도 없을 정도로 완벽했던 것이다.

주변의 시선에 아랑곳하지 않고 한빈은 한지를 쓱 내밀었다.

"이 정도의 약속이면 만족하실는지요."

"흠."

양석봉은 살짝 침음을 삼켰다.

장문에 비해 내용은 간단했다.

요약하면 진 쪽은 승자의 노예가 된다는 것이 핵심 내용이었다.

물론 값을 치르게 되면 노예가 될 일은 없었다.

본인이 원하지 않는다면 말이다.

노예라고 써 놓지는 않았지만, 모든 조항이 뜻하는 것은 노예였다.

어떻게 하면 노예를 효율적으로 부를 수 있는가가 조항별로 표시되어 있었다.

양석봉은 조용히 한빈을 바라보며 표정을 수습했다.

당황해서가 아니라 기뻐서였다.

본인이 원하면 승부와 관계없이 주종 관계를 맺는다는 조항을 보면 상대의 뜻은 확고했다.

이것은 상대가 자신을 알아보고 알아서 기어들어 오겠다는 것과 다름없었다.

점소이에게 보여 준 야명주도 자신을 향해 신호를 보낸 것이라고 생각했다.

하긴, 어쩌면 자신의 밑으로 들어오는 것이 올바른 선택일 수 있었다.

한 나라의 재상이 될 자신의 밑으로 들어오게 된다면, 잘만 하면 이인자가 될 수도 있었다.

그때 한빈이 자신의 이름을 적었다.

사삭.

"저는 서명했습니다. 동의하신다면 서명하시죠."

"좋네."

양석봉도 팔을 걷어붙이고 붓을 들었다.

슥슥.

서명한 그는 만면에 미소를 지어 보이며 입을 열었다.

"재능의 종류는 내가 정한다고 했었지."

"그러시지요."

"나는 비무로 하겠네."

"비무라면?"

"아무 규칙이 없는 비무를 원하네. 그러니 자네의 밑에 있는 시녀, 아니 동생 중 하나를 내보내게."

"흠, 그런 비무라면 생사결이 아닙니까?"

"그렇게 되나?"

양석봉은 고개를 살짝 기울이며 웃었다.

그 모습에 한빈이 말을 이었다.

"지금 데려온 호위를 보니 전부 한가락 하는 사내들이 아닙니까?"

"그래서 내기를 무르자는 이야기인가?"

"저는 동생이 험한 꼴을 당하는 건 못 봅니다. 비무를 하더라도 암막 비무로 진행하시죠."

"암막 비무라……."

"이곳에 장막을 치고 둘이 싸운다면 승낙하겠습니다."

암막 비무란 한빈의 말대로 주변에 장막을 친 후 둘만이 마주 본 상태에서 진행하는 대결이었다.

암막 비무를 하는 이유는 간단했다.

그것은 서로에 대한 체면을 지켜 주기 위해서였다.

체면을 중시하는 강호의 문파들은 상대에게 패배하면 목숨을 끊을 때도 있었다.

아니면 반대로 승부에서 졌다는 이유만으로 복수를 계획하고 말이다.

암막 속에서 벌어지는 결투에 대해 소리를 듣고 판단할 수는 있어도, 정확하게 누가 이겼다고 말할 수 없는 것이 바로 암막 비무였다.

하지만 여기에는 다른 이유도 하나 존재했다.

그것은 상대에 대한 절대적인 경외였다.

당신에게는 이길 수 없으니 체면만은 세워 달라는 숨겨진 뜻이 있었다.

양석봉은 당연히 후자로 생각할 수밖에 없었다.

"허허, 그렇게까지……."

양석봉은 뒷말을 삼켰다. 그렇게까지 자신의 밑으로 들어오고 싶냐는 말을 생략한 것이다.

양석봉이 보기에는 동생을 희생해서 굴복하려는 것으로밖에 안 보였다.

노예는 노예를 낳는 법

유생들도 그렇게 생각했다.

한빈을 짐승 보듯이 바라봤다.

유생들은 양석봉의 호위가 누구인지 잘 알고 있었다.

양석봉의 호위는 강북 사도련의 무인이었다.

즉, 사파란 말이었다.

한번 검을 쓰면 피도 눈물도 없는 자였다.

유생이 사파를 호위로 쓰는 것에 대해 사람들은 의아하게 생각할 수도 있었다.

하지만 유생들의 입장에서는 정파나 사파나 모두 똑같은 무인일 뿐이었다.

비슷한 돈을 지불하고 자신을 더 잘 지켜 준다면 그것이 최고였다.

거기에 정파에 비해 사파의 행동은 시원시원했다.

정파 무인을 호위로 둔다면 문제가 심각했다.

조금 사적인 일을 시키려 들면 대의명분에서 벗어난다면서 손을 젓는 일이 대부분이었다.

하지만 사파는 달랐다.

조금만 신경 써 주면 그들은 물불을 가리지 않았다.

유생들은 다시 양석봉의 호위를 바라봤다.

보는 것만으로도 한기를 느꼈는지 살짝 어깨를 떠는 무인들도 있었다.

사파 중에서도 악랄하다고 평가받는 것이 양석봉의 호위였다.

서로 고개를 끄덕이더니, 유생들은 자리에서 일어났다.

유생 중 하나가 비장한 표정으로 외쳤다.

"이제 내기는 성립되었다! 이 내기에 대한 증인은 황제 폐하요. 폐하를 대신해서 우리가 두 눈으로 똑똑히 지켜볼 것이다. 지금부터 비무를 시작한다."

말을 마치는 동시에 그들의 호위가 탁자를 높이 쌓기 시작했다.

동시에 사각의 공간이 만들어졌다.

그들의 호위는 사각의 공간에 암막을 덧씌웠다.

그 안에서 누가 죽는다고 해도 모를 정도로 완벽한 밀실이 만향각의 칠 층에 만들어졌다.

양석봉의 호위는 한 발 앞으로 나왔다.

한빈이 턱짓하자 설화가 앞으로 나갔다.

설화를 본 양석봉의 호위가 실소를 터뜨렸다.

"하하, 너는 내가 누군지 아느냐?"

"……."

설화는 답하지 않았다. 다만, 고개를 갸웃할 뿐이었다.

그때 뒤쪽에서 보던 소군이 얼굴을 감싸 쥐었다.

얼굴을 감싸 쥔 소군의 모습에 청화가 물었다.

"소군아, 왜 그래?"

"제, 제가 말했을 때도 저런 느낌이었나요? 왠지 창피해서
요."

소군의 목소리는 살짝 떨렸다.

손가락 사이로 소군의 볼이 살짝 보였다.

그 볼은 잘 익은 홍시처럼 벌게져 있었다.

소군은 진심으로 창피함을 느끼고 있었다.

소군은 얼핏 설화의 무공에 대해 짐작하고 있었다. 설화와
상대의 무공은 천양지차라고 하는 표현이 맞을 것이다.

소위 말하는 하룻강아지 범 무서운 줄 모른다는 강호 속담
과도 일맥상통했다.

자신의 외침이 저리 들렸을 수도 있다고 생각하니 이상하
게 몸이 꼬이는 소군이었다.

주변의 소란에도 설화와 양석봉의 호위는 서로를 바라봤다.

앞으로 나온 호위는 얼굴만으로도 상대를 기절시키기에 충분했다.

설화가 아무 대답이 없자 호위는 자신의 외모를 보고 상대가 겁을 먹은 것이라고 생각했다.

그도 그럴 것이, 상대는 먹을 갈던 아이였다.

그 동작의 정갈함은 분명 어릴 적부터 다져 온 솜씨였다.

그런 아이가 어떻게 무공을 알겠는가?

호위는 살짝 내공을 실어 말했다.

"아이야, 다시 한번 묻겠다. 내가 누군지 아느냐?"

"제가 어떻게 알아요?"

"흠, 나로 말할 것 같으면 강북 사파의 백대고수에 속하는 참살도 우마라 한다."

사실 조금 과장된 측면은 이었다.

하지만 적어도 강북 사파의 이백대 고수에는 들어간다고 생각했다.

백대고수가 별거 있겠는가?

앞에서 버티고 있는 놈들이 다 뒈지면, 자신이 백대 고수에 드는 것이 아니던가?

"……음, 처음 들어 보는데요."

하지만 상대의 말에 참살도 우마의 눈빛이 깊어졌다.

"내가 활동하던 곳은 험하기로 유명한 감숙이었다. 이곳과 거리가 떨어져 있으니 모를 수도 있지. 너같이 강호를 모르는 아이라면 더욱 그럴 가능성이 높고 말이다. 내 기회를 주마. 그냥 졌다고 인정하면 여기서 끝내도록 하마."

말을 마친 참살도 우마는 자신의 박도를 만졌다.

사실은 진심에서 우러나온 말은 아니었다.

이곳에서 유생들과 어울리다 보니 그들의 성향에 맞춰 행동한 것뿐이었다.

이곳에 아무도 없다면, 저 정도로 반반한 계집을 당장이라도 덮치고 싶다는 것이 우마의 속마음이었다.

사파처럼 행동하는 것은 남들이 없을 때에 한했다.

지금처럼 모두가 보는 앞에서는 정파의 가면 하나 정도는 쓰고 있어야 돈이 된다는 것을 우마는 알았다.

우마는 슬쩍 양석봉을 바라봤다.

자신에 행동에 대한 평가를 받고자 하는 것이다.

우마는 양석봉의 대답에 따라 행동을 결정하기로 했다.

그 모습에 옆에 있던 양석봉은 고개를 끄덕였다.

자신의 밑으로 들어오려 하는 자의 식구였다.

굳이 피를 보게 만들 필요는 없었다.

그냥 주종 관계를 확인받으면 만족했다.

사실 양석봉이 아이의 먹을 가는 솜씨를 보지 않았다면?

그리고 상대의 서예 솜씨를 보지 않았다면?

양석봉은 상대를 사람 취급도 안 했을 것이었다.

자신의 밑으로 기어들어 온다고 해도 자격이 있어야 한다 생각했다.

자신의 발밑에서 어울릴 수 있는 품격과 학식을 갖춘 자만을 받아들여야 하니까.

양석봉은 주변을 바라봤다.

친구라 하지만 정확히는 주종 관계로 얽힌 이들이었다.

언제든 자신의 명에 따라 죽는시늉이라도 할 수 있는 유생들이었다.

상대가 자신의 밑으로 들어온다면 적어도 저들 중 중간 자리를 주리라 양석봉은 결심한 상태였다.

그리고 동생인지 시녀인지는 몰라도 주종 관계가 성립되면 자신의 옆에서 먹을 갈게 할 심산이었다.

양석봉의 시선에 참살도 우마가 작게 포권했다.

"나의 주군도 허락하셨다."

"그냥 일단 들어가서 싸워요. 참살도 아저씨."

"그래, 그러니까……. 지금 뭐라고 했느냐?"

"일단 싸우자고요."

"관을 봐야 눈물을 흘릴……."

우마의 말이 끝나기도 전에 설화가 끊었다.

"일단 싸워야 관도 짜고 수의도 입히고 그럴 거 아니에요. 일단 싸워요."

"클클, 네년이 진정……."

우마는 자신도 모르게 본심에 있는 말이 나왔다.

하지만 재빨리 정신을 차리고 말끝을 흐렸다.

그때 성화가 다시 말을 이었다.

"관 걱정부터 하지 말고요."

"허, 내 너를 어여삐 여겨 기회를 주려 하거늘, 복을 차 버리는구나."

말은 그렇게 했지만, 우마는 입꼬리를 슬쩍 올렸다.

암막 비무는 서로의 체면을 세워 줄 수도 했지만, 반대로 암막 비무를 할 시 그 안에서 일어나는 일은 아무도 알 수 없었다.

즉, 그 안에서 일어난 일은 당사자 이외에는 아무도 모른다는 것.

우마는 안에서의 일을 상상하며 흐뭇한 미소를 지었다.

그때 유생 하나가 암막을 가리키며 외쳤다.

"일단 시작하시오!"

그 말에 우마가 작게 고개를 끄덕이더니 천천히 안으로 들어갔다.

설화도 그 뒤를 따라 들어갔다.

둘이 암막으로 가려진 공간으로 들어가자 모두는 숨을 죽였다.

그때였다.

그들을 바라보던 다른 유생의 호위 중 하나가 나지막이 말했다.

"자네, 혹시 들었나?"

그의 말은 호위들만 알아들을 정도로 작았다.

그의 말에 다른 호위가 작은 목소리로 다시 물었다.

"뭘 말인가?"

"이상하게 먹을 갈던 저 아이의 발소리가 안 들려서 그런다네."

"그게 무슨 말인가?"

다른 호위가 눈을 가늘게 뜨자 그는 말을 이었다.

"참살도 우마가 들어갈 때는 내공이라도 실은 것처럼 쿵쿵 울리지 않았나?"

"그런데?"

"뒤따라 들어간 아이의 발소리는 아예 들리지 않았어."

"자네가 잘못 들은 거겠지. 저 나이에 초상비(草上飛)도 아니고 어찌 소리가 안 들리겠는가?"

"하긴, 내가 잘못 들은 거겠지."

그때 다른 호위 하나가 고개를 갸웃했다.

"그런데 장 호위 귀는 우리 중에서도 제일 밝지 않은가? 이십여 장 밖의 모깃소리도 듣는 것이 장 호위인데……."

그 호위는 바로 목소리를 줄였다.

그들의 주인이 눈을 흘기고 있었기 때문이다.

암막 비무에서 가장 중요한 것은 안쪽에서 들리는 소리였
다.

그 소리만이 안쪽의 승부를 상상할 수 있게 만드는 유일한
수단이었다.

그런데 호위들이 떠드니 경고를 할 수밖에 없었다.

그렇게 귀 밝은 호위의 의문은 깊은 침묵 속에 묻혔다.

암막이 쳐진 공간으로 따라 들어간 설화는 가볍게 몸을 풀
었다.

그 모습에 참살도 우마는 코웃음을 쳤다.

"계집."

작지만, 뼈가 있는 한마디였다.

고개를 돌린 설화가 말했다.

"정정당당하게 셋을 세면 시작하기로 해요."

"그러자꾸나. 아니, 네게 삼 초를 양보하마. 아니지, 내 삼
초를 피하면 네가 이긴 것으로 하지."

"그냥 공평하게 해요."

"그래. 그럼 내가 숫자를 세지. 하나!"

참살도 우마는 숫자를 세는 동시에 박도를 움켜쥐었다.

사파인에게 이런 규칙 따위는 무의미했다.

게다가 셋을 셀 때까지 기다릴 여유 따위는 참살도란 별호에는 어울리지 않았다.

둘을 세면 상대의 혈도를 제압하고 마음껏 여자아이를 짓밟을 것이었다.

참살도 우마는 이제 둘을 세려고 했다.

'헉!'

그는 비명을 질렀다.

하지만 그 비명은 입 밖으로 튀어나오지 않았다.

아니 처음에 둘이라고 숫자를 셌던 것도 입 밖으로 내뱉지 못했다.

이런 경우는 단 하나밖에 없었다.

아혈을 제압당한 것이다.

그때 여자아이의 목소리가 들렸다.

"둘."

그 소리와 더불어 몸에 힘이 쭉 빠졌다.

털썩!

참살도 우마의 몸이 모래성처럼 허물어졌다.

이것은 분명 마혈을 제압당했을 때 나타나는 현상이었다.

하지만 그는 이해할 수 없었다.

아혈과 마혈을 차례대로 제압당한 것은 맞지만, 상대의 동작을 볼 수 없었다.

참살도 우마가 가장 먼저 생각한 것은 산공독이었다.

하지만 산공독이라고 하기에는 단전에서 느껴지는 내공이 제법 됐다.

그렇다면 어떻게 된 일일까?

거기에 왜 셋도 세지 않았는데 공격을 한 것일까?

참살도 우마는 지금 상황이 이해가 되지 않았다.

하지만 참살도 우마가 볼 수 있는 것은 어이없게도 만향각 칠 층의 바닥뿐이었다.

그때 아이의 목소리가 들렸다.

"아, 이거 너무 빨리 끝났네요. 제가 아저씨의 경지를 너무 높게 봤나 봐요. 그렇다고 다시 풀어 주고 싸울 수도 없고……."

여자아이의 목소리는 아주 작았다.

암막 밖으로 새어 나가지 않을 정도의 목소리였다.

퍽.

가죽 북 터지는 소리가 들려오자 복부에 통증이 밀려 들어왔다.

동시에 몸이 뒤집혔다.

이제 천장을 보게 된 참살도 우마의 얼굴을 아이가 내려다봤다.

"아, 답답하네. 일단 시간을 좀 끌어야 하는데, 궁금해하는 것 같아서 말해 줄게요. 우리 공자님이 그러는데, 사파는 꼭 둘에서 공격한대요. 그래서 제가 선수를 친 것뿐이에요. 어차피 아저씨도 셋에서 공격할 마음은 없었잖아요. 아, 지금은 그게 중요한 게 아니지. 어떻게 항복을 받아 내야 하는지 그게 중요한 건데…….”

아이는 턱에 손을 받치고 생각에 잠겼다.

참살도 우마는 우연히 아이의 눈빛을 바라봤다.

순간 그는 등에서 소름이 돋았다.

본성을 드러낸 아이는 눈빛에 진한 혈향을 담고 있었다.

그것은 수많은 전장을 헤쳐 나온 아수라의 눈빛과도 같았다.

참살도 우마는 이 암막이 자신을 위한 것이 아니라는 것을 그제야 깨달았다.

순간 여자아이의 기세가 점점 강해졌다.

그 살기가 참살도 우마의 살갗을 파고들기 시작했다.

참살도 우마는 비명을 질렀다.

‘이런 제길!’

아혈이 제압당한 상태이기에 목소리는 입 안에서만 맴돌 뿐이었다.

그때 여자아이의 손길이 느껴졌다.

순간 참살도 우마의 눈이 살짝 뒤집혔다.

이건 분근착골의 수법이 맞았다.

근육을 갈가리 찢고 뼈를 떼어 내는 고통이 바로 이런 것이었다.

이제는 상대가 여자아이라는 생각은 버렸다.

아이가 저런 지독한 수법을 쓸 수는 없었다.

상대는 고문의 장인이었다.

하지만 그것이 시작이라는 것을 참살도 우마가 알게 된 것은 바로 뒤였다.

🌿

암막 밖의 사람들은 귀를 쫑긋 세우고 상상의 나래를 펼쳤다.

유생들은 서로를 바라보며 안타까운 표정을 지었다.

암막으로 들어간 지 꽤 됐는데도 나오지 않는 것으로 봐서, 참살도 우마가 상대를 너무 거칠게 다룬다고 생각했다.

어떤 유생은 조심스럽게 양석봉을 바라봤다.

양석봉도 참살도 우마의 행동에 대해 못마땅한 듯 암막을 바라보고 있었다.

양석봉은 자신의 밑으로 들어올 사람의 체면을 세워 줘야 한다고 생각했다.

그런데 시간을 끌어도 너무 끌었다.

안쪽에서 상대를 가지고 놀고 있는 것이 분명했다.

하지만 암막 비무의 원칙을 알기에 관여할 수 없었다.

여기에서 자신이 호위를 불러낸다든가 안으로 들어가서

말리게 되면 이 비무는 패배로 끝난다.

들어가서 말리든가, 자신의 대리 무사를 불러내는 쪽은 패배로 간주한다.

이것이 암막 비무의 규칙이기 때문이다.

양석봉은 조용히 상대를 바라봤다.

아이들을 데리고 있는 공자라는 작자는 조용히 차를 마시고 있다.

서체는 훌륭하지만 성품은 별로라고 생각했다.

그때였다.

암막이 살짝 들리더니 누군가 나왔다.

그는 먼저 들어갔던 참살도 우마였다.

그 뒤를 따라서 소녀가 천천히 나왔다.

그들을 바라보던 유생들은 고개를 갸웃했다.

둘의 모습이 들어갈 때와 비교해 너무도 똑같았기 때문이다.

먼저 나온 참살도 우마는 천천히 자신의 주군인 양석봉에게 다가갔다.

그가 나오자 양석봉은 흐뭇한 미소로 그를 맞이했다.

"어떻게 됐느냐?"

이렇게 묻는 이유는 간단했다.

암막 속에서 일어난 비무에 대해서는 본인들이 직접 말하게 되어 있었다.

그들의 발언이 이 비무의 유일한 증거였다.

모두는 참살도 우마를 보는 둥 마는 둥 했다.

어차피 승부는 뻔했기 때문이다.

그때 참살도 우마가 천천히 입을 열었다.

"졌습니다."

"그래, 잘……. 지금 뭐라 했느냐?"

"졌다고 했습니다. 저는 앞으로 주군을 모시지 못할 것 같습니다. 그럼 이만 가 보겠습니다."

참살도 우마는 바로 몸을 돌렸다.

순간 장내는 아수라장이 되었다.

누가 봐도 이해하지 못할 승부였기 때문이다.

설화는 한빈에게 다가가 작게 포권했다.

"공자님, 저 이겼어요."

"많이 다쳤느냐?"

"손 속에 사정을 뒀으니 걱정하지 않으셔도 돼요."

둘의 대화는 뭔가 이상했다.

하지만 둘의 대화에 귀 기울이는 사람은 없었다.

물론 한빈이 물어본 것은 참살도 우마라 불린 상대의 상태였다.

상황이 정리되기도 전 참살도 우마는 계단을 내려갔다.

그때 호위 하나가 그에게 달려갔다.

유생을 모시는 호위 중, 참살도 우마가 가장 고수였다.

그런데 그런 고수가 갑자기 패했다고 하며 자리를 떠나니, 이해가 되지 않았다.

이것은 떠나는 참살도 우마만의 문제가 아니었다.

어찌 보면 유생들을 호위하고 있는 사파 무인 전체의 문제였다.

유림 서원에 있는 호위 대부분이 강북 사도련의 무인들이었다.

그런데 그중 고수라고 할 수 있는 참살도 우마가 의리 없이 떠나 버린다면 강북 사도련 무인의 전체 평판이 나락으로 떨어질 수밖에 없었다.

그 호위는 계단을 내려가는 참살도 우마의 소매를 잡았다.

"자네, 이렇게 떠나면 어떻게 하나. 진상이라도 밝히고 가야 하지 않은가?"

"더는 싸우고 싶지 않은데 무슨 말이 필요한가? 나는 더는 할 말이 없네."

"자네, 정말 이럴 텐가?"

"그래도 나는 할 말이 없네. 휴우."

한숨을 내쉰 참살도 우마는 그의 손길을 뿌리치고 계단을 내려갔다.

내려가는 참살도 우마는 연신 기침을 쏟아 냈다.

호위는 도망치듯 계단을 내려가는 참살도 우마를 더는 말릴 수 없었다.

그저 고개를 갸웃하며 다시 계단을 올라올 뿐이었다.

계단을 올라오던 그는 자신의 손을 바라봤다.

"이게 뭐지?"

그의 손에는 혈흔이 남아 있었다.

이 피가 어디서 묻은 것인지 호위는 기억나지 않았다.

그가 의문을 해결하기도 전에 장막 옆의 탁자는 아수라장이 되어 있었다.

생각해 보면 칠 층은 유생들만 있던 것이 아니었다.

한쪽에서는 군자현의 관리도 있었고 다른 쪽에는 꽤 돈이 있어 보이는 상인들도 있었다.

그들은 강 건너 불구경을 바라보던 양석봉 쪽을 주시하고 있었다.

그때 한빈이 양석봉의 곁으로 다가왔다.

양석봉의 눈빛이 살짝 출렁였다.

상대의 대리인이 비무에서 이길 것이라고는 생각지도 못했기 때문이다.

양석봉은 아직도 상대가 자신의 밑으로 들어오기를 원한다고 생각하고 있었다.

이렇게 실력을 보여 준 것을 보면 미리 준비한 것처럼 보이기도 했다.

양석봉은 어떻게 승낙할까를 고민하고 있었다.

그때 양석봉의 고개가 살짝 기울어졌다.

살짝 올라가는 상대의 입꼬리를 보았기 때문이다.

그의 앞에 선 한빈은 계약서를 펼치더니 입을 열었다.

"이제 약속을 지키셔야겠습니다, 공자."

순간 양석봉의 눈빛이 살짝 떨렸다.

그것도 잠시, 양석봉은 표정을 수습했다.

"약속을 지키지. 다만 이 계약은 자네들의 밥값을 우리가 못 치렀을 때만 해당하지 않나?"

양석봉은 계약의 핵심 내용을 찔러 들어왔다.

그의 말은 사실이었다.

내기의 시작은 상대의 밥값을 치를 수 있느냐 없느냐의 문제였다.

한빈은 점소이를 불렀다.

앞에 선 점소이가 멀뚱거리자 한빈이 사람 좋은 얼굴로 손을 내밀었다.

"이제 돌려줘도 될 것 같네만은."

"아, 참. 맡겨 놓은 야명주가 있었죠. 여기 있습니다, 공자님."

이제는 한 점의 의심 없이 깍듯하게 한빈을 대하는 점소이였다.

그 모습에 한빈이 웃으며 말했다.

"그럼 팔 층으로 안내하지."

"네, 팔 층이요? 팔 층은 칠 층과는 차원이 다른……."

"괜찮네. 내가 내는 게 아니니 오늘은 좀 편안히 즐기겠네."

한빈은 뒤를 돌아보며 웃었다.

그 웃음에 양석봉이 깜짝 놀라 자리에서 일어났다.

그가 처음 보인 표정이었다.

그는 달려와서 질책하기 시작했다.

"자네, 지금 계약을 무엇으로 생각하는가?"

"그게 무슨 말씀입니까?"

"우리는 분명히 칠 층에서 밥값을 계산하기로 계약하지 않았나? 그런데 지금 와서 팔 층에서 먹겠다고 하면 어떻게 하나?"

양석봉의 말에 그의 동료 유생들도 고개를 끄덕였다.

"그건 양 유생의 말이 맞네. 분명히 칠 층의 식비를 담보로 내기한 것이 아니던가?"

"허허, 자네도 유생이라면 계약 내용을 잘 읽어 보게. 이건 자네가 쓴 계약서가 아니던가?"

어떤 유생은 탁자에 남아 있는 계약서를 들고 항의했다.

그 모습에 한빈은 사람 좋은 얼굴로 말을 이었다.

"팔 조 팔 항에 보시면, 식사 중 혹은 식사 전의 층간 이동에 관한 사항이 나와 있습니다. 이래도 계약 위반인지요?"

한빈의 말에 유생들은 계약서를 살피기 시작했다.

계약서를 살피던 유생의 손이 덜덜 떨리기 시작하자 양석봉은 다급하게 그것을 빼앗아 자신이 다시 내용을 확인했다.

"이, 이건……."

그 모습에 한빈이 품에서 계약서를 꺼냈다.

그러고는 한 손으로 계약서를 쫘르륵 펼쳤다.

"그래서 계약서는 항상 각자 보관하는 것이죠. 일단 올라가겠습니다."

한빈은 점소이에게 턱짓했다.

그 모습에 양석봉의 눈빛이 살짝 떨렸다.

만향각의 팔 층은 자신도 가 본 적 없었다.

팔 층은 비싸도 너무 비싸다고 알려진 곳이었다.

어쩌면 자신의 돈과 여기 있는 유생들의 돈을 다 합친다고 해도 값을 치를 수 없을지도 모른다.

그는 재빨리 계단을 뛰어올랐다.

양석봉은 슬쩍 점소이의 눈치를 봤다.

시선이 마주친 점소이는 한껏 영업용 미소를 지었다.

그 미소는 마치 오랜 친구와도 같았다.

사실, 양석봉은 이곳에서 도망치고 싶어도 그럴 수 없었다.

자신은 군자현에서는 꽤 알려진 인물이었다.

여기서 계약을 위반하고 도망친다면 그 사실이 안휘까지 퍼질 것은 뻔했다.

양석봉은 조용히 상대가 탁자에 앉는 모습을 지켜봤다.

이곳에 그렇게 많이 왔건만 팔 층의 모습은 처음 보는 그였다.

팔 층은 생각보다 조촐했다.

탁자는 딱 두 개밖에 없었다.

하지만 그 주변으로 칠 층에서 볼 수 없는 광경이 펼쳐져 있었다.

탁자를 둘러싼 곳곳에 나무가 심겨 있었고, 여기저기에 화단이 만들어져 있었다.

여기가 정원인지 팔 층 전각의 꼭대기인지 모를 정도였다.

거기에 솔솔 풍겨 나오는 향기는 사람의 마음을 안정시켜 줬다.

양석봉은 왜 이곳의 음식이 그리 비싼지 대충 알 것 같았다.

하지만 그 돈이 자신의 주머니에서 나간다는 것이 문제였다.

양석봉은 문득 상대의 이름이 궁금해졌다.

생각해 보니 상대의 이름도 모르는 상태였다.

그때 양석봉의 머릿속에 계약서가 떠올랐다.

양석봉은 계약서를 꺼내서 서명을 읽어 봤다.

"팽한빈이라……."

양석봉은 눈을 가늘게 떴다.

아무리 생각해도 팽한빈이라는 이름은 처음 들어 봤다.

유명한 유학자 가문에 팽씨 성은 없었다.

그때 양석봉의 머릿속에 하북에 있는 무림세가의 이름이 떠올랐다.

그는 조용히 천장을 올려다봤다.

무림세가의 자제가 유림 서원에 올 가능성은 없었다.

거기에 더해 저런 필체를 가질 수도 없었다.

먹을 갈던 소녀는 또 어떤가?

그녀도 유명한 유학자의 가문 출신임이 분명했다.

순간 양석봉의 마음이 조금 더 안정되었다.

유명한 유학자의 가문이라면 자신과 척을 질 리가 없었다.

아니, 시골의 볼품없는 서원 출신이라고 해도 자신의 가문을 알 터.

그렇다면 적당한 선에서 끝낼 것이 분명했다.

"휴."

양석봉은 작게 한숨을 내쉬었다.

마음의 안정을 찾은 것도 잠시, 양석봉은 입에 거품을 물었다.

"헉!"

그것은 점소이에게 주문을 하는 한빈 일행을 본 직후였다.

한빈은 기다리는 점소이에게 아주 간단하게 주문을 했다.

하지만 점소이의 눈을 한없이 떨렸다.

"공자님, 지금 하신 말씀이 진심입니까?"

"진심이네. 그러니 내가 말한 대로 내어 오게."

"아무리 그래도 이건……."

"괜찮다고 해도. 저자가 만약에 값을 못 치르면 내가 책임지겠네. 뭐, 이게 있으니 나도 안심할 수 있지."

한빈은 자신의 품속을 툭툭 쳤다.

그곳에는 계약서가 들어 있었다.

점소이는 잠시 고민하더니 주방 쪽으로 달려갔다.

그 모습을 본 한빈은 탁자 위 야명주를 다시 품에 집어넣었다.

한빈의 주문은 그 야명주의 가격에 버금가는 요리를 내오라는 것이었다.

그것이 바로 점소이가 놀란 이유였으며.

몰래 이 광경을 훔쳐보던 양석봉이 거품을 문 이유이기도 했다.

그때 설화가 호기심 가득한 얼굴로 조심스럽게 물었다.

"공자님, 궁금한 게 있어요."

"요리가 나오기 전까지는 기다려야 하니 편하게 물어봐."

"어떻게 유림 서원의 학칙을 다 외우신 거예요?"

"그게 대체 무슨 말이야?"

"아까 유림 서원의 학칙을 술술 읊으셨잖아요."

"아, 그거……."

"네, 그거요."

"세상에 학칙을 외우는 사람이 어디 있어?"

한빈의 말에 설화가 놀란 듯 물었다.

"그게 무슨 말이에요?"

"학칙을 외우고 다니는 사람이 없으니 내가 무슨 말을 해도 믿겠지."

"그럼 혹시……."

"내가 어떻게 유림 서원의 학칙을 알고 있겠어. 속은 놈들이 바보지."

"아, 이것도 적어 놔야겠네요. 아무리 배워도 저는 모자란 것 같아요."

설화는 존경 어린 눈빛으로 한빈을 바라봤다.

청화도 옆에서 한빈의 말을 열심히 적고 있다.

그때였다.

계단 쪽에서 뭔가 굴러떨어지는 소리가 들렸다.

우당탕!

그 소리에 설화가 자리에서 일어나 계단 쪽을 바라봤다.

"공자님, 일단 저쪽을 살피고 올게요."

"아니다. 내가 보기에는 별일 아니니 걱정 안 해도 될 것 같다."

"음, 누군가 굴러떨어진 것 같아서요."

"소리로 봐서는 크게 다친 것 같지는 않아. 뭐, 우리만 아니면 됐지."

"그것도 맞는 말씀이네요."

말을 마친 설화는 김이 모락모락 나는 차를 한 모금 들이켰다.

청화는 차도 마시지 않고 뭔가를 열심히 받아 적고 있었다.

다만 새로 합류한 소군만이 고개를 푹 숙이고 있었다.

그때 설화의 옆에 있는 보따리가 눈에 들어왔다.

순간 소군은 소름이 쫙 돋았다.

처음에는 그리 많은 지필묵이 왜 필요한지 알 수 없었다.

거기에 왜 밥을 먹는데 가지고 나오는지도 알 수 없었다.

그런데 지금은 그 이유를 알 것만 같았다.

어쩌면 이곳에 오기 전부터 지금의 결과를 머릿속에 그리고 있을 수도 있었다.

소군은 자신도 모르게 혼잣말을 뱉어 냈다.

"정말 치밀……."

소군은 자신의 실책을 깨닫고 재빨리 입을 막았다.

하지만 이미 늦은 듯 설화가 반응했다.

"소군이가 이제 업무의 본질을 이해하는구나."

"네?"

"우리가 하는 일이 허술해 보여도……."

"허술해 보이지 않아요."

"그럼 다행이네. 나나 청화도 다 계획을 세우면서 움직이거든. 우린 이 마을에 들어오면서 모든 상점을 다 확인했어."

설화의 말에 소군이 침을 꿀꺽 삼켰다.

그때 다시 소리가 들려왔다.

우당탕.

하지만 설화는 더는 신경 쓰지 않고 말을 이었다.

"모든 상점에 점수를 매기는 건 기본이지."

"아, 점수요."

소군은 의미심장한 눈으로 설화를 바라봤다.

아무래도 이 일행의 비밀이 지금 튀어나올 것 같아서였다.

그 모습에 설화가 만족한 듯 잔잔한 미소를 지었다.

"그래, 점수. 나 같은 경우에는 마을에 도착하면 당과 파는 가게의 점수를 일부터 십까지 나눠서 먹이거든."

"당과요?"

"그럼, 당연하지. 여기 청화 같은 경우는 떡집부터 찾아서 점수를 먹여."

설화가 고개를 돌리자 청화가 고개를 끄덕였다.

순간 소군은 자신도 모르게 입을 딱 벌렸다.

대단한 비밀이라도 말할 줄 알았는데 기껏 먹는 이야기였다니!

그때 설화가 다시 말을 이었다.

"우리 공자님이 그러셨거든. 다 먹고살자고 하는 일이라고. 헤헤."

설화가 해맑게 웃자 소군은 자신도 모르게 고개를 끄덕였다.

먹고살자고 하는 일이라?

너무 현실적인 말이었다.

그와 동시에 가슴에 와닿는 말이기도 했다.

왜 그 말이 와닿는지는 모르겠지만, 잃어버린 기억을 찾는다면 알 수 있을 것이 분명했다.

그때였다.

점소이가 접시를 내어 왔다.

그는 탁자 위에 접시를 조심스럽게 내려놓았다.

탁. 탁.

접시는 은빛 뚜껑으로 덮여 있었다.

덕분에 접시 위에 어떤 요리가 담겼는지 알 수 없었다.

몇 개의 접시를 내려놓은 점소이는 한빈에게 고개를 숙였다.

"맛있게 드십시오."

"수고했네."

한빈은 품에서 전낭을 꺼냈다.

그 동작에 물러나려던 점소이가 움찔했다.

그 모습에 한빈은 사람 좋은 얼굴로 전낭 속에서 돈을 꺼냈다.

"자, 말만 수고했다고 하면 서운하지. 여기 받게."

"네, 감사합니다요."

점소이는 재빨리 한빈이 건네는 돈을 받았다.

그러고는 손을 펴더니 살짝 실망의 눈빛을 보였다.

한빈이 건넨 돈은 철전 한 닢이었기 때문이다.

실망의 눈빛도 잠시, 그의 표정은 바뀌었다.

그는 머리가 땅에 닿을 것처럼 고개를 숙였다.

"그럼 맛있게 드십시오, 나으리."

그 모습에 소군은 쓴 입맛을 다셨다.

어렴풋이 떠오르는 속담 하나가 있었기 때문이다.

있는 사람이 더한다는 말이었다.

점소이도 점소이지만, 밑에서 끙끙대고 있을 양석봉이 왠지 불쌍해 보였다.

생각해 보니 상대를 낭떠러지에서 밀어 놓고 이렇게 편하게 대화를 나누는 것도 조금 이상했다.

물론 낭떠러지로 떨어진 인물이 그리 호감 가는 인물은 아니었지만 말이다.

이런 일들이 눈앞에 있는 자들에게는 일상이라 생각되는

것은 왜일까?

소군은 이런 분위기가 묘하게 익숙했다.

그때였다.

설화가 불만 어린 목소리를 토해 냈다.

"공자님, 야명주 하나 값치고는 너무 초라하지 않나요?"

"양보다는 질이지."

말을 마친 한빈은 접시의 뚜껑을 열었다.

첫 번째 접시에는 생선구이가 놓여 있었다.

그 요리를 본 모두는 실망의 눈빛을 감추지 못했다.

아무리 봐도 평범한 요리였다.

군자현에 생선이 귀하긴 하지만 야명주의 값어치와 맞먹는 요리 중 하나라고 한다면 너무 초라했다.

그때 한빈이 젓가락을 들었다.

"천년화리 구이라……. 한 점 먹어 볼까?"

그 말에 설화와 청화의 눈이 커졌다.

두 번째 접시에는 백년하수오 무침이 들어 있었다.

세 번째와 네 번째 접시도 강호인에게는 영약에 버금가는 음식이 들어 있었다.

한빈이 내민 야명주보다야 값은 덜 나가겠지만, 이들 음식을 한곳에서 맛보는 값치고는 저렴했다.

하지만 양은 그리 많지 않았다.

접시가 바닥을 드러내자 한빈은 점소이를 불러 은밀하게

귓속말을 전했다.

순간 점소이의 눈이 커졌다.

그러고는 어깨를 축 늘어뜨리더니 돌아갔다.

그 모습에 설화가 물었다.

"공자님, 뭐라고 하셨는데 표정이 저래요?"

"사실 그리 어려운 부탁도 아닌데…….. 그냥 같은 거로 한 상 더 내오라고 했어."

"헉."

설화가 터져 나오는 비명을 손으로 막았다.

소군은 자신도 모르게 바닥을 내려다봤다.

정확히는 바닥을 보는 것이 아니고 칠 층에 있는 양석봉 일행을 안타까워하는 것이다.

아마 저들은 이런 자를 만나 보지 못했을 것이 분명했다.

이건 사파보다 악랄하고 신교도들보다 더 무서운 인간들이었다.

지금만큼은 한빈이 진정한 '마(魔)' 자체로 보여도 이상하지 않았다.

사실 이름도 오늘 처음 알았지만, 소군은 확신했다.

현 강호에 존재하는 이들 중 마와 가장 가까운 이는 바로 눈앞에 있는 사람이라고!

자신이 여기에 온 것은 성화의 인도가 있었기 때문일 수도 있었다.

진정한 마를 앞에 두고 배우라는 가르침이라 소군은 생각
했다.

그것도 잠시, 소군은 기억을 더듬기 시작했다.

혹시나 자신이 계약서를 썼는지 기억이 가물거려서였다.

기억을 떠올리던 소군은 작게 한숨을 내쉬었다.

"휴."

"왜 그렇게 한숨을 내쉬고 그래?"

설화가 고개를 갸웃하며 묻자, 소군은 재빨리 말을 돌렸
다.

"아, 아무것도 아니에요. 배가 고파서……."

"배가 고프면 안 되지. 공자님, 그냥 주문하는 김에 한 상
더 내오라고 할까요? 제가 다녀올게요."

"잠시만 기다려라."

"공자님, 왜요?"

"그냥 주문하는 김에 한 번에 세 개의 상을 준비하라 전해
줘라."

"네, 공자님."

설화는 활짝 웃으며 점소이에게 달려갔다.

소군은 그제야 자신의 말 한마디가 칠 층에 있는 양석봉에
게 어떤 영향을 줬는지를 알아챘다.

자신의 말 한마디가 다른 자의 운명을 결정한다고 생각하
니 갑자기 등골이 오싹했다.

신교에서는 자신의 의지대로 상대의 운명을 결정했었다면, 지금은 자신의 의지와는 상관없이 상대의 운명을 바꿔놓은 것이다.

소군이 심각한 표정으로 상황 파악에 몰두하고 있을 때였다.

점소이가 천천히 걸어왔다.

추가로 주문한 음식은 없이 공손하게 손을 모으고 있었다.

대신 뒤쪽에서 면사를 쓴 여인 하나가 따르고 있었다.

점소이가 한빈의 앞에 멈추자 여인은 점소이의 옆에 섰다.

그러고는 면사를 벗었다.

"귀인을 뵙니다."

순간 여기저기서 탄성이 흘러나왔다.

설화는 여인을 가리키며 외쳤다.

"헉, 언니가 여기에 어떻게……."

"언니, 언제 오신 거예요?"

그들의 물음에 여인이 빙긋 웃으며 답했다.

"저를 닮은 분을 보셨나 보네요. 저는 군자현을 담당하고 있는 금미랑이라고 해요."

그 대답에 모두는 서로를 바라봤다.

그것도 잠시, 모두는 고개를 끄덕였다.

여인의 정체에 대해서 모를 수가 없었다.

설화가 조심스럽게 물었다.

"혹시 백미랑 언니와 흑미랑 언니의 쌍둥이세요?"

"언니들을 만나셨군요?"

금미랑은 도리어 눈을 크게 떴다.

그 모습에 설화가 주변의 눈치를 살피며 말했다.

"네, 만났어요. 그런데 세쌍둥이실 줄을 전혀 몰랐네요."

"사실 세쌍둥이는 아니에요. 정확한 숫자는 비밀이에요."

찡긋 웃는 금미랑의 모습에 설화는 입을 벌렸다.

금미랑은 조용히 한빈을 바라봤다.

"그런데 군자현 하오문 지부의 암어는 어떻게 아신 거예요?"

"백 소저에게 들었소."

"저는 그 암어를 다 외우신 게 신기해요. 일단 장소를 옮기시죠."

금미랑은 그들은 다른 곳으로 안내했다.

팔 층이 아닌 만향각의 구 층으로 안내한 것이다.

뒤따라가던 설화는 이해가 안 된다는 표정으로 한빈의 소매를 살짝 잡아당겼다.

"공자님, 제가 궁금한 게 있으면 밥도 넘기지 못하는 거 아시죠?"

"당과는 넘어가던데."

"아, 진짜 궁금한 게 있어서요. 암어는 대체 언제 전하신 거예요?"

"만향각의 문 앞에서 말했는데."

"그때요? 언제 말씀하셨어요?"

설화는 고개를 갸웃했다.

아무리 생각해도 한빈이 누군가에게 암어를 전한 기억은 떠오르지 않았다.

그때 앞서가던 금미랑이 입가에 미소를 띠었다.

군자현 하오문 지부의 수장을 만날 수 있는 암어는 바로 한빈이 만향각의 입구에서 읊었던 긴 설명이었다.

이곳 하오문의 암어는 군자현이라는 명칭대로 다른 지부의 암어보다 몇십, 아니 몇백 배가 길었다.

그 암어를 다 전한 이는 한빈이 처음이었다.

거기에 하오문의 귀빈임을 뜻하는 철전까지.

금미랑이 이곳으로 단걸음에 달려와야 할 이유는 차고도 넘쳤다.

한 시진 뒤, 칠 층.

양석봉은 잠시 한숨을 돌렸다.

이곳에 모인 유생들은 수하를 다급하게 전장에 보냈다.

덕분에 만족할 만한 자금이 수중에 떨어졌다.

하지만 대부분 유생은 똥 씹은 표정이었다.

그들 대부분은 돈과 권력을 좇아 양석봉에게 붙었다.

하나 지금은 뜻하지 않게 자신의 주머니를 털어야 하는 상황이었다.

탁자 위에 모인 음식값을 본 양석봉은 점소이를 불렀다.

"여기 돈이 준비됐으니 받아 가게."

"아이고, 공자님."

"호들갑 떨지 말게. 우리가 이곳을 이용하는 게 한두 번인가? 내기는 내기이니 부담 갖지 말고 넣어 두게. 그리고 그자한테는 우리가 값을 치렀으니 계약 내용은 없던 것으로 하라고 이르게."

"그, 그게 아니라……."

"허허, 그리 신경 안 써도 된다고 하지 않았나. 돈을 받는데 죄책감을 느낄 필요는 없네."

"그게 아니라, 그 공자님이 요리를 추가해서 돈이 조금 모자랍니다."

"요, 요리를 추가했다고? 대체 얼마나 모자란다는 말인가?"

"아까 그 야명주로 치면 네 개 값어치의 음식을 드시고 계십니다."

"이런 미, 미친. 그렇게나 처……."

양석봉은 말을 맺지 못했다.

언제 왔는지 한빈이 손에 종이 한 장을 펄럭이며 서 있었기 때문이다.

환하게 웃으며 손을 펄럭이는 한빈의 모습은 분명히 아군이었다.

마치 집 나갔던 강아지가 꼬리를 치며 돌아오는 모습과 비슷하지 않은가?

양석봉은 가출했던 희망이 잠시 돌아왔다.

이름도 없는 유학자의 가문이 자신의 가문과 맞서는 것은 불가능한 일이었다.

저리 화해를 요청해 오는 것은 어찌 보면 당연한 일이었다.

벌을 먼저 내려야 할까?

아니면 상을 내려야 할까?

고민은 필요 없었다. 일단은 화해를 받아들이는 것이 먼저였다.

양석봉은 본능적으로 상대가 내미는 서찰을 받아 들었다.

서찰은 정갈하게 접혀 있어 내용은 보이지 않았다.

"흠, 일단 읽어 보지."

"네, 읽어 보시는 게 좋을 겁니다. 그곳에 깨달음이 들어 있습니다."

"깨달음이라……."

"시중에서 구할 수 있는 값싼 깨달음은 아닐 겁니다. 분명히 도움이 되실 겁니다."

"그래, 그렇다면 더 신중히 읽어 보겠네. 그런데 이건 화해의 뜻인가?"

"어찌 보면 그렇지요."

살짝 포권하며 눈웃음을 짓고 나가는 상대.

그 모습에 양석봉은 안도의 한숨을 내쉬었다.

아무리 생각해도 자신에게 고개를 숙인 것이 맞았다.

양석봉은 상대의 모습이 사라지자 주변을 쓱 살폈다.

유생들이 목을 길게 빼고 양석봉이 받은 서찰만 바라보고 있었다.

한 유생이 다급하게 물었다.

"양 유생님, 그 서찰은 대체 무엇입니까?"

"알아서 꼬랑지를 내린 게 아니겠나?"

"꼬랑지를 내리다니요?"

"사고는 쳤지만, 수습하려고 하다 보니 정신이 돌아온 것이 분명하네."

"그럼……."

"이 서찰은 저자가 보내온 백기가 분명하네."

"얼른 펴 보시지요."

"일단 다른 곳에서 펴 보는 게 좋겠군. 이곳은 마가 끼었는지 느낌이 좋지 않아. 아무래도 빨리 숙소로 돌아가야겠어."

양석봉은 검지로 유생 중 몇을 가리켰다.

그들의 얼굴에는 조그마한 생채기가 나 있었다.

물론 양석봉의 얼굴에도 마찬가지였다.

사실 계단에서 굴러떨어진 것은 양석봉 하나만이 아니었다.

팔 층에서 탐욕스럽게 음식을 먹던 그들의 모습이 아직도 눈에 선했다.

거기에 계속 추가되는 접시를 보고 나자 속에서 열불이 치솟았던 것.

그는 무림인이 말하는 주화입마는 남의 일인 줄 알았다.

유생에게 주화입마는 일어날 수 없는 일.

하지만 양석봉은 오늘 주화입마가 무엇인지를 똑똑히 알 수 있었다.

열불이 가슴에서부터 솟아올라 머리를 잠식하자, 자신도 모르게 정신을 잃었다.

그 후는 비슷한 일들이 연이어 벌어졌다.

몰래 팔 층에서 어떤 일이 벌어지는가를 숨어서 보던 유생들은 모두 정신을 잃고 계단에서 굴러떨어졌다.

상대방을 뜯어먹어도 정도가 있는 법이었다.

그런데 상대는 그 정도를 벗어났다.

이건 가문에게 선전포고 하는 것과 다름없었다.

그때 생각을 하자, 양석봉의 얼굴이 다시 달아올랐다.

누가 봐도 상기된 양석봉의 모습에, 다른 유생이 다급히 말했다.

"일단 숙소로 돌아가는 것이 좋겠습니다."

"그럽시다."

모두가 아래쪽을 가리켰다.

양석봉도 다급히 표정을 수습하고 답했다.

"다들 내려가시게."

모두를 내려보낸 양석봉은 전낭을 탁자 위에 올려놨다.

딱!

어찌나 세게 올려놨는지, 무인이 내공을 실어 내리쳤는가 착각할 정도였다.

사실 이 동작 하나에 모든 감정이 담겨 있었다.

전낭을 올려놓고 나가려는 양석봉을 누군가 불렀다.

"어르신."

고개를 돌려 보니 아까 봤던 점소이가 어찌할 줄 모르겠다는 표정으로 손가락을 꼼지락거리고 있었다.

그 모습에 양석봉은 사람 좋은 얼굴로 품속에서 은전 두 개를 꺼내 점소이에게 건넸다.

"이거 받게."

사실 은전까지 건넬 필요는 없었다.

하지만 오늘 일어난 볼썽사나운 일에 대해서 입을 닫게 하라면 이 정도는 써야 했다.

하지만 점소이의 얼굴은 그대로였다.

마치 똥 마려운 강아지를 보는 것만 같았다.

양석봉은 미간을 잔뜩 좁히며 다시 품속에 손을 넣었다.

그는 손에 딸려 나오는 은전 몇 개를 그대로 점소이에게 건넸다.

마무리 수습을 하고 돌아서려는 양석봉은 고개를 갸웃했다.

점소이의 표정이 아직 그대로였기 때문이다.

양석봉은 더는 못 참겠다는 듯 탁자를 내리쳤다.

탕!

얼마나 세게 쳤는지 접시가 부르르 떨었다.

점소이는 미안하다는 표정으로 입을 열었다.

"나으리, 음식값은 주고 가셔야죠."

"음식이라니, 그게 무슨 말인가?"

양석봉의 눈이 한없이 커졌다.

"나으리께서 팔 층에서 드신 음식값까지 내기로 하시지 않았습니까? 중요한 건 그분들이 팔 층에서만 음식을 드신 게 아닙니다."

"팔 층에서만 처먹은 게······."

그때였다.

점소이의 뒤에 황금색 면사의 여인이 나타났다.

그 여인을 본 양석봉은 말을 급히 멈출 수밖에 없었다.

그 여인은 만향각의 각주인 금 소저가 분명했다.

이름도 얼굴도 모르지만, 천하절색이라 알려진 만향각의

각주였다.

만향각에서 흘러나오는 것은 구천구백구십구 가지의 향기.'

마지막 하나의 향기가 금 소저가 내뿜는 향기라고 세간에는 알려져 있었다.

하지만 그녀의 향기를 맡아 본 사람은 없었다.

"그, 금 소저."

양석봉은 자신이 처한 상황도 모른 채 상대를 바라봤다.

면사 속 입꼬리가 살짝 출렁이더니 은 쟁반에 구슬 굴러가는 듯한 목소리가 흘러나왔다.

"네, 구 층까지 가셨습지요."

양석봉은 그 목소리에 다시 한번 눈을 크게 떴다.

물론, 양석봉이 금 소저라 부른 사람은 금미랑이었다.

금미랑은 이곳에서는 금 소저라 불리고 있었다.

얼굴도 목소리도 감춘 채 이곳 군자현의 하오문 지부장으로 활동하고 있었다.

금미랑이 누구에게도 얼굴을 보여 주지 않는 것은 다른 지부장들과는 조금 달랐다.

금미랑이 얼굴을 보여 주지 않는 이유는 바로 신비감을 주기 위해서였다.

얼굴을 보여 주지 않아도 모든 사람은 자신의 얼굴을 머릿속에 담고 있었다.

그들이 상상하는 금미랑의 얼굴은 천 가지, 만 가지도 넘었다.

　즉, 어떤 얼굴로 나타나더라도 이상하지 않다는 뜻이다.

　비상 상황에서는 요긴하게 쓰일 수밖에 없었다.

　순진하게 금미랑을 바라보던 양석봉의 머릿속에는 하나의 의문이 떠올랐다.

　"만향각에 구 층이 있던가?"

　"네, 딱 일곱 번 열렸었죠. 이번까지 계산하면 여덟 번째예요."

　"일곱 번이라……."

　"그 전까지는 딱 일곱 가문이었어요."

　"혹시 그 가문의 이름을 물어봐도 되겠는가?"

　"중원에 그 가문의 이름은 남아 있지 않아요."

　"그게 무슨 말인가?"

　"구 층을 열면서 가문이 파산했거든요. 참, 구 층을 연 값을 계산하셔야 하니 제 이름 정도는 아셔야겠죠. 저는 금미랑이라고 해요. 호호."

　환하게 웃는 상대의 모습에 양석봉은 등골이 오싹해졌다.

　그 웃음 한 방에 금미랑의 미모에 대한 상상은 모두 날아갔다.

　그때 금미랑이 말했다.

　"청구서는 어떻게 할까요? 가문으로 보낼까요? 아니면 공자님이 직접……."

"내가 직접 하겠소."

"그럼 계산해 주시지요. 여기요."

금미랑은 두루마리 하나를 내밀었다.

점소이는 그 두루마리를 받더니 펼쳤다.

좌르륵.

두루마리에 펼쳐지자 양석봉의 눈이 한 단계 더 커졌다.

그곳에는 팔 층과 구 층에서 먹고 간 청구서가 일목요연하게 적혀 있었다.

그 청구서를 본 양석봉은 그 음식값이 왜 그리 비싼지 알 수 있었다.

하지만 실제 저런 요리가 있을 것이라고는 상상도 하지 못했었다.

"천년화리 구이에다가……."

청구서를 읽어 나가던 양석봉은 문득 팽한빈이라는 서생에게서 받은 서찰을 떠올렸다.

그는 재빨리 서찰을 꺼내 읽어 봤다.

서찰을 펴서 읽어 보던 양석봉의 입이 점점 열렸다.

이것은 화해를 요청하는 서찰이 아닌, 또 하나의 계약서였다.

이 계약서에 서명하면 만향각에서 무사히 나갈 수 있다는 내용이었다.

바로 서명할 수는 없었다.

아무 생각 없이 서명했다가 그렇게 당했는데, 이번에도 같은 길을 걸을 수는 없었다.

하지만 추가 계약서의 내용은 읽으면 읽을수록 이해가 되지 않았다.

모든 계약의 내용은 비밀로 하자고 했다.

거기에 더해 팽한빈이라는 자는 오늘 여기에서 있었던 일도 모두 묻자고 했다.

이것은 양석봉이 바라는 바이기도 했다.

계약서의 내용은 서로만 알고 외부로 밝히지 말자는 것이 앞쪽의 내용이었다.

입꼬리 살짝 올리려던 양석봉은 다음 내용을 읽는 순간 표정을 굳혔다.

그 모습에 금미랑은 그럴 줄 알았다는 듯 고개를 끄덕였다.

한빈 일행은 다시 숙소로 돌아왔다.

한빈이 묵고 있는 숙소는 군자현에서도 가장 큰 객잔이었다.

사실 군자현은 과거 시험장이 있는 곳으로도 유명했다.

과거가 치러지는 시기에, 이곳에는 수백 수천이 아닌 수만 명의 유생이 들이닥치곤 한다.

덕분에 군자현에 있는 객잔들은 그때를 대비해서 만들어졌다.

그럼 평소에는 어떻게 관리하냐고 생각하는 사람도 있겠지만, 군자현은 지, 필, 묵, 서책 등으로 유명해서 평소에는 그만큼의 유동 인구가 상인들로 채워지는 편이었다.

한빈이 있는 곳은 네 개의 별채가 하나의 마당을 쓰고 있었다.

별채에 들어선 한빈은 주변을 쓱 둘러봤다.

이곳 군자현의 특징처럼 대체로 유생들이 있었다.

한참을 바라보던 한빈은 고개를 갸웃했다.

한빈이 바라보자 유생들이 자신의 방으로 다급히 들어갔기 때문이다.

한빈은 자신의 얼굴을 매만졌다.

그 모습에 설화가 물었다.

"왜 그러세요? 공자님."

"내 시선을 피하는 느낌이 들어서."

"에이, 오해겠죠. 공자님 시선이 얼마나 따뜻한데 피해요. 그렇지, 소군아?"

설화는 소군을 바라봤다.

멍하니 있던 소군은 본능적으로 고개를 끄덕였다.

사실, 내가 누군지 아느냐는 말이 튀어나올 뻔했다.

지금 한빈과 시선이 마주친 이들은 바로 만향각의 칠 층에서 마주친 유생들이었다.

모두가 다 모여 있는 것은 아니지만, 한빈에게 험한 꼴을 당한 유생들이 분명했다.

그때 청화가 소군의 옆구리를 콕콕 찔렀다.

고개를 돌려 보니 눈을 찡끗하며 속삭였다.

"나도 여기서 배운 건데, 강호에서는 때린 사람이 발 뻗고 자는 법이래."

"그거 반대 아닌가요?"

소군이 고개를 갸웃하자 청화가 더욱 목소리를 낮췄다.

"공자님이 말씀하신 거니까, 토 달지 말고 외워. 받아 적으면 더 좋고."

"아, 알았어요."

소군은 넋이 나간 표정으로 고개를 끄덕였다.

소군은 오늘 일로 이들은 정파가 아니라는 것을 확신했다.

소군과 설화, 청화가 있는 방에는 세 개의 침상이 있었다.

침상이 멀리 떨어져 있는 덕분에 셋은 그리 불편하지 않았다.

가장 구석진 곳에는 소군이 누워 있었다.

구석이 가장 안전하다는 생각 때문에 설화가 배려한 것이었다.

침상에 누운 소군을 천장을 바라봤다.

천장을 배경으로, 오늘 있었던 일들을 하나하나 떠올렸다.

다시 되짚어 보니 한빈과 설화, 그리고 청화의 행동은 묘하게 친근하다는 느낌이 들었다.

그렇게 생각하자 오늘은 편안히 잠자리에 들 수 있을 것 같았다.

거기에 더해 오늘 먹은 요리는 한 번도 맛본 적이 없었다.

기억을 되찾는다고 해도 절대 맛볼 수 없는 요리였다.

오늘 먹은 요리까지 하나하나 떠올리자, 소군의 눈이 스르륵 감겼다.

그때였다.

어디선가 울음소리가 들려왔다.

우우웅.

흐흐.

소군은 갑작스러운 상황에 감겨 오던 눈을 번쩍 떴다.

진사쌍검

우우웅.

흐흐.

이건 강호에서 말하는 귀곡성이 분명했다.

소군은 눈을 뜬 상태에서 어쩔 줄을 몰라 했다.

이걸 모른 척해야 하나, 아니면 그 원인을 찾아봐야 하나를 고민하며 몸을 뒤척였다.

우우웅.

흐흐.

귀곡성은 계속 들려왔다.

"이게 뭐지?"

소군은 혼잣말을 뱉으며 어깨를 가늘게 떨었다.

도저히 이해가 안 되는 상황이었다.

참으려고 했지만, 귀곡성은 너무 귀에 거슬렸다.

소군은 슬쩍 실눈을 뜨고 주변을 살펴보았다. 순간 머리카락이 쭈뼛하는 동시에 몸이 얼어붙었다.

시간이 가면 갈수록 귀곡성이 더 커졌지만, 설화와 청화는 세상 모르게 잠들어 있었다.

그 이야기는 지금 이 귀곡성을 자신만이 듣는다는 이야기였다.

소군은 지금이라도 도망쳐야 하나를 고민했다.

우우웅. 흐흐.

귀를 막아 봤지만, 계속 귀곡성은 들려왔다.

할 수 없이 자리에서 일어나 귀곡성이 나는 곳을 찾아봤다.

하지만 귀곡성이 나는 곳을 찾을 수 없었다.

분명 방 안에서 나는 것 같은데 어디에서 나는 것인지를 찾을 수 없었다.

위쪽도 아니고 아래쪽도 아니었다.

그렇다고 오른쪽인지 왼쪽인지 구분할 수도 없었다.

소군은 순간 눈을 크게 떴다.

"아악!"

자신도 모르게 비명을 터뜨렸다.

귀곡성이 머릿속에서 울린다는 것을 깨달았기 때문이다.

소군의 어깨가 가늘게 떨렸다.

자신은 지금 내공도 없고 무공도 기억나지 않는 상황이다. 여기서 적과 마주치면 죽는다는 것을 소군은 본능적으로 알고 있었다.

상대가 귀신이든 사람이든 그것은 중요하지 않았다.

자신을 지킬 힘이 없다는 것이 핵심이었다.

방법은 하나였다.

곤히 자는 설화와 청화를 깨워서 도움을 요청해야 했다.

소군은 재빨리 몸을 돌렸다.

순간 소군의 눈앞에 하얀 옷에 머리를 찰랑거리는 형상이 보였다.

"악!"

비명을 내지른 소군의 귀에, 익숙한 목소리가 들려왔다.

"안 좋은 꿈이라도 꾼 거야? 소군아."

그 목소리에 고개를 들어 보니, 설화가 걱정 가득한 눈으로 소군을 바라보고 있었다.

그 옆에는 청화가 눈을 비비며 다가와 있었다.

소군은 순간 이걸 말해야 하나 고민했다.

그때 설화가 소군의 어깨를 토닥였다.

"큰일을 당했으니 악몽을 꾸는 것도 당연하지······."

"그래요, 언니. 아무래도 같이 침상에서 자야 할 것 같아요."

청화도 소군을 안쓰러운 시선으로 바라봤다.

그녀들은 얼마 전 시체 더미 아래에 깔린 일을 말하고 있었다.

누구라도 그런 혈겁의 현장을 목격한다면 이렇게 악몽을 꾸는 것도 당연했다.

청화는 소군의 소매를 잡고 자신의 침상으로 이끌었다.

소군은 졸지에 설화와 청화의 가운데에 끼어 밤을 보내게 되었다.

양쪽에 자신을 보호해 줄 사람이 있다고 생각하니 어느덧 눈이 감겨 왔다.

그것도 잠시, 머릿속에서는 다시 귀곡성이 들려왔다.

우우웅.

흐흐.

소군이 자리에서 벌떡 일어나자 설화도 주변을 경계하며 우혈랑검을 뽑았다.

주변에 아무도 없다는 것을 확인한 설화가 물었다.

"대체 무슨 일이지?"

설화의 목소리에는 한기가 맴돌았다.

지금은 어린 소군을 달래는 것보다는 정확한 진실을 아는 것이 중요했다.

설화의 우혈랑검이 소군을 향했다.

"소군아, 정확히 이야기하지 않으면 알지?"

설화는 생긋 웃었다.

그 웃음은 만향각에서 암막 비무를 하기 전과 판박이였다.

소군은 본능적으로 자신의 상황을 설명했다.

"그러니까……."

설명을 다 듣고 난 설화가 턱을 어루만졌다.

마치 한빈이 고민하는 모습과 너무 똑같았기에 옆에 있던 청화는 보이지 않게 웃었다.

청화의 시선에는 아랑곳하지 않고 설화가 말을 이었다.

"흠, 그렇다는 거지."

"어떻게 된 건지 아시겠어요? 언니."

청화가 묻자 설화가 답했다.

"소군이 머릿속에서 귀곡성이 들렸다고 했잖아."

"그렇죠."

"그리고 나하고 너는 못 들었고."

"그것도 그래요, 언니."

청화가 고개를 끄덕이자 설화가 살짝 표정을 풀고 말을 이었다.

"그건 바로 누군가 소군에게 전음을 보냈기 때문이야."

"전음이요? 대체 누가 이 시간에 전음을 보내요?"

"그러니까 아군은 아니지. 일반적인 고수가 전음을 보낼 수 있는 거리는 스무 걸음이야."

"그렇죠. 절정의 고수라면 그렇겠죠."

"초절정의 고수가 보낸다고 해도 서른 걸음을 넘지 못해. 화경의 고수가 왔다면 이렇게 숨어서 전음을 보낼 리도 없고."

"네, 맞아요. 그럼 적은 서른 걸음 안에 있다는 거네요. 그럼 제가 한번 살펴볼까요?"

"어떻게?"

"그거 있잖아요. 서른 걸음은 불가능하지만 스무 걸음 정도라면 가능해요."

청화는 피식 웃으며 자신의 얼굴을 가리켰다.

설화는 재빨리 손을 저었다.

"그러다가는 공자님도 깬다. 아서라, 청화야."

청화가 말한 방법은 공독지체만이 가지고 있는 공간 장악 능력이었다.

엷게 독을 퍼뜨려서 공간을 장악한다면 전음을 보낸 이를 찾을 수 있지 않을까 하는 일이었다.

이 방법은 득보다 실이 더 많았다.

여기서 독을 엷게 퍼뜨린다면, 객잔의 주방부터 시작해 객잔에 묵고 있는 손님들이 다 영향을 받을 터였다.

거기에 기감이 예민한 한빈도 잠에서 깰 수밖에 없었다.

설화는 요즘 한빈이 잠을 못 잔다는 것을 알고 있었다.

남들에게는 말 못 할 고민이 있는 것이 분명했다.

물론 이것은 설화의 착각이었다.

청화가 고개를 갸웃하며 물었다.

"그러면 전음을 보낸 자의 정체를 어떻게 찾아야 할까요?"

"……."

설화는 눈을 가늘게 뜨고 주변을 바라볼 뿐, 딱히 방법이 떠오르지 않았다.

설화가 고민할 때, 뒤쪽에서 낙엽 스치는 소리가 들려왔다.

사사—삭.

동시에 신형 하나가 그녀들의 앞에 나타났다.

소군은 상대를 확인도 안 하고 비명을 냅다 질렀다.

"아악!"

"소군아, 공자님이야. 진정해."

청화가 이불을 뒤집어쓰고 있는 소군의 어깨를 흔들었다.

청화의 말대로 그녀들의 앞에 나타난 것은 한빈이었다.

한빈은 고개를 갸웃하며 물었다.

"비명이 계속 들리던데, 무슨 일이지?"

"깨셨어요?"

"그 정도 비명을 질렀으면 나를 부른 거나 다름없잖아. 안 그래?"

"헤헤, 공자님, 죄송해요."

"그나저나 자초지종을 말해 봐."

"누가 소군에게 전음을 보내왔대요. 그러니까……."

설명을 다 듣고 난 한빈은 자리에서 일어났다.

아무 말 없이 자리에서 일어나는 한빈의 모습은 설화나 청화 모두에게 의외였다.

한빈은 자리에서 일어나 구석을 향해 걸어갔다.

그 모습에 설화가 다급하게 물었다.

"공자님, 어디 가세요?"

"설화야, 그게 사실이었던 것 같다."

"사실이라니, 그게 무슨 말씀이세요?"

"진사쌍검에 대한 소문 말이야."

말을 마친 한빈은 구석에 있는 진사쌍검을 집어 들었다.

진사쌍검을 한 손에 들고 쓱 훑어보는 한빈의 뒤에는 설화가 벌써 따라와 있었다.

"소문이라니요?"

"먼저 이 이야기부터 해야겠지. 내가 나라에 세운 공은 제법 되지?"

"그렇죠. 그러니까 이런 상도 내린 거잖아요."

"진사쌍검이 무림 칠대기보라고 전해지는 것도 사실이지?"

"네, 어마어마하게 큰 상이죠."

"그런데 우리가 생각하지 못한 게 있지."

"그게 뭔데요? 공자님."

"무게가 서로 맞느냐는 거지. 내가 누누이 말하지만 세상에 공짜는 없다."

"그야 그렇죠. 그런데 이건 공자님이 공을 세우셔서 받은 거잖아요."

"그렇지. 하지만 관리도 아닌 한낱 무가에 무림 칠대기보를 준다? 그건 계산에 안 맞잖아."

"……."

설화는 뭔가를 계산하는 듯 눈을 깜빡였다.

그 모습에 한빈이 피식 웃었다.

"관리라면 이런 상을 내려도 괜찮겠지. 하지만 무림세가가 황궁과 관계를 맺기에는 제약이 좀 있지. 그런 관계로 황궁에서 내리는 상에는 상한선이 있을 수밖에 없거든. 내가 보기에는 진사쌍검은 그 상한선을 벗어났어."

"이전에 이미 상방보검도 받으셨잖아요."

"상방보검이야 황제가 마음대로 찍어 내는 기념품 같은 거지. 하지만 진사쌍검은 하나잖아."

"흠."

"그래서 내가 하오문과 개방을 통해서 알아봤지."

"하오문과 개방이요?"

"뭐, 내가 쉽게 알아볼 수 있는 곳이 그곳이니 당연하지. 마침 만향각의 금미랑이 그 답을 주더라고."

"무슨 내용인지 궁금해요."

설화는 먹이를 기다리는 새끼 새처럼 목을 삐죽 내밀었다.

"뭐, 진사쌍검을 준 이유는 간단해. 하북팽가의 몰락을 바라기 때문이지."

"네?"

설화가 눈을 크게 뜨자, 옆에 있던 청화가 다급하게 끼어들었다.

"그럼 황제가 하북팽가의 몰락을 바란다는 말이에요? 그런데 왜 무림 칠대기보를 상으로 내려요?"

"일단, 황제는 하북팽가가 어찌 되든 관심이 없을 거야. 내게 고마움은 있지만, 그건 정치적으로 봤을 때는 산속의 낙엽 한 개 정도도 안 되거든."

"그럼 누가 하북팽가의 몰락을 바라는 거예요?"

"아마도 동창?"

"동창이요?"

"동창은 마지막까지 지선과 연을 맺었잖아. 그런 면에서 내가 좀 껄끄러워 보이겠지."

"그런데 이해가 안 되는 게, 무림 칠대기보를 준다고 가문이 망해요?"

"이제까지는 망했어."

"네?"

"지금의 황제나 관리들은 까마득하게 잊고 있을 테지만, 진사쌍검을 하사받은 가문은 모조리 망했어. 반역도로 몰려서 망한 것도 아니고 그냥 자연스럽게 도태됐어. 덕분에 황제가 하사한 진사쌍검은 계속해서 황궁으로 돌아왔지."

"헉."

"재미있는 것은 이게 모두 백 년 전에 일어난 일이라서 지금의 황제와 관리들은 모두 잊고 있다는 점이지. 아마 황궁에서도 몇몇만 기억할 거야."

"그게 동창이라는 거네요."

"진사쌍검을 내리라고 황제에게 권유한 것도 서 태감이라고 하더라고."

"그럼 그냥 버려요."

"황제가 하사한 검을 버린다고?"

"그건 안 될까요?"

"버리면 그것대로 벌을 받겠지. 문제는 진사쌍검을 받은 가문이 왜 몰락했느냐 하는 점이야."

"그게 중요하겠네요, 공자님."

"아마도 진사쌍검에서 흘러나오는 귀곡성 때문이 아닐까 싶어."

"귀곡성이요?"

"방금 소군이 들었다는 귀곡성 말이야. 생각해 봐. 귀곡성이 밤낮없이 울려 대면 그 집안이 남아나겠어? 그걸 고치려고 의원이 방문할 테고, 그 의원이 적군인지 아군인지 모를 상황도 있을 테고."

한빈은 아직도 침상에서 경계의 눈빛을 띠고 있는 소군을 가리켰다.

그때 설화가 입을 크게 벌렸다.

"헉, 소군이 이런 얘기 다 들어도 되는 거예요?"

"아마 못 들었을 거야. 기막을 쳐 놨거든."

한빈이 주위를 가리켰다.

소군을 데리고 다니긴 하지만 한빈은 자신의 일거수일투족을 모두 떠벌리고 싶지는 않았다.

"역시 공자님은……."

"뭐 지금은 그게 중요한 게 아니라, 이 상황을 어떻게 이용하느냐가 문제인데……."

"그런데 귀곡성이 왜 나오는 거예요?"

"흠, 그건……."

한빈은 말끝을 흐리며 담담한 눈빛으로 설화를 바라봤다.

시선이 마주친 설화는 마지막 정답을 듣기 위해 목을 더 길게 내밀었다.

그 모습에 한빈이 흡족한 표정으로 말을 이었다.

"진짜 궁금하구나, 설화야?"

"네, 궁금해요. 공자님."

"그럼 지금부터 같이 알아보자고."

"헉."

"왜 싫어?"

"해답을 알고 계신 게 아니었어요?"

"황궁에서도 못 푼 수수께끼를 내가 하루 만에 어떻게 풀어."

말을 마친 한빈은 진사쌍검을 들고 소군에게 걸어갔다.

한빈은 소군의 앞에 진사쌍검을 내려놨다.

갑작스러운 상황에 소군이 눈을 멀뚱거리자 한빈이 말을 이었다.

"오늘부터 이 검은 네가 보관한다. 검동이라고 들어 봤지?"

"검동이요?"

"그래, 시비 중에 특별하게 검을 관리하는 아이를 말한다. 너는 이제부터 이 검을 맡아라. 길이도 적당하니까, 관리하는 데는 그리 힘들지 않을 거야."

"제가 이 검을요?"

"내가 이 검을 네게 맡기는 이유는 간단하다. 이 검은 상서로운 기운을 지녀서 귀기를 막는 데 유용한 검이지. 네가 들었던 귀곡성을 이 검이 막아 줄 것이다."

한빈의 설명에 설화와 청화가 동시에 입을 벌렸다.

둘은 서로를 바라보며 입 모양으로 대화를 주고받았다.

이래도 되냐는 표정이었다.

그 표정을 본 소군이 조심스럽게 물었다.

"공자님, 언니들 표정이 왜 그래요?"

"부러워서 그러지. 아마도 설화와 청화는 네게 큰 임무를 빼앗기는 기분일 거야. 그러니 네게 잘 위로해 줘라."

"그, 그렇군요. 공자님."

"그럼 나는 이만 가 보마. 참, 이 검은 잘 때도 품고 자야 한다. 잃어버리면 만향각에서 보여 줬던 야명주 열 개로도 감당이 안 될 테니까."

"헉."

소군이 입을 딱 벌렸다.

소군은 본능적으로 진사쌍검을 품에 안았다.

귀곡성을 막아 준다는 말보다는 야명주 열 개로도 감당이 안 된다는 말이 귀에 박혔기 때문이다.

소군은 이 검을 잃어버리는 순간 공자라는 사람이 계약서를 내밀 것이라 생각했다.

소군은 검을 안은 팔에 힘을 주었다.

그 모습에 설화는 혀를 찼다.

귀곡성 때문에 놀란 아이에게 그 원인으로 생각되는 검을 맡긴다는 게 말이 되는가?

놀람도 잠시, 설화는 고개를 끄덕였다.

설화는 얼굴에는 완벽하게 의문은 사라지고 믿음만이 남아 있었다.

이제까지 한빈이 시킨 일 중에 아군에게 피해가 가는 일은 없었다.

처음에는 이해가 안 되었던 일들도, 지나고 나면 그때의 행동에 고개를 끄덕였던 적이 한두 번이 아니었다.

설화는 고개를 돌려 청화를 바라봤다.

청화의 표정도 별반 다를 바가 없었다.

청화도 고개를 끄덕이며 빙긋 웃는다.

한빈이 빠져나간 방에서 설화와 청화는 다시 자신들의 침상으로 돌아갔다.

이제 남은 것은 소군.

소군은 살짝 어깨를 떨고 있었다.

소군은 전음이라고 한 말이 가장 두려웠다.

귀곡성이 진짜 전음이라고 한다면, 누군가 자신을 노리고 있는 것이 분명했다.

소군은 이전에 아수라장이 된 현장에서 한빈 일행이 자신을 구해 줬던 기억을 떠올렸다.

순간 시체 더미에서 나오면서 목격했던 당시의 광경이 머릿속에 떠올랐다.

반 토막이 난 시체.

주변을 가득 채운 핏물.

많은 무사가 한 번에 죽어 나갔다는 것은, 대적할 수 없는 적이 나타났다는 증거였다.

죽어 나간 자는 분명히 신교인이었다.

그렇다면 그 신교인들은 자신을 지키다가 그 꼴을 당했을 것이 분명했다.

신교에서 목숨의 위협을 느껴 탈출한 것은 떠올랐지만, 누가 적인지 아군인지 알 수 없는 상황이었다.

앞뒤 상황을 맞춰 본다면, 그 시체들은 자신의 수하가 분명했고 전음을 보내오는 이는 수하들을 죽인 절대자가 분명했다.

의문은 의문을 낳는 법이었다.

기억의 편린들은 더 많은 의문을 만들어 내고 있었다.

그것도 잠시, 소군의 눈이 감겨 왔다.

더는 귀곡성도 들리지 않았다.

대신 상서로운 기운이 품속으로 스며든다.

마치 누군가 자장가를 불러 주는 듯한 포근한 느낌이 들었다.

바로 잠에 빠져들던 소군의 눈앞에 낯선 풍경이 펼쳐졌다.

눈앞에 펼쳐진 풍경은 분명 잔도의 한가운데였다.

풍경이 점점 선명해지더니 수많은 무사와 마주하고 있는 조그만 아이가 눈에 들어왔다.

꿈이라는 것을 아는데 이상하게 가슴이 떨려 왔다.

그것은 분명 자신이었다.

무사들은 아이의 목을 베기 위해 점점 포위망을 좁혀 왔다.

아이의 몸이 보이지 않을 정도로 포위망이 좁혀졌을 때.

갑자기 붉은 기운이 무사들의 몸을 헤집기 시작했다.

붉은 기운은 무사들은 썰고 지나갔다.

말로만 듣던 이기어검과도 같았다.

붉은 기운은 아이의 주변을 맴돌았다.

다시 달려드는 무사들.

붉은 기운은 달려드는 무사들마저 토막을 냈다.

순간 붉은 기운이 사라지자, 아이가 쓰러졌다.

반 토막 난 무사들의 시체가 아이를 덮는다.

생각지도 못한 광경에 소군은 비명을 토해 냈다.

'악!'

하지만 꿈속에서 깨어나지는 못했다.

이것은 소군이 잃어버렸던 기억 중 일부가 분명했다.

소군은 이 기억이 왜 돌아왔는지를 알 수 없었다.

보름달이 뜨던 때 기억이 조금 돌아왔고…….

순간 소군은 자신이 검 두 자루를 안고 잠들었음을 깨달았다.

아마도 검에서 나온 기운이 자신의 기억을 돌려놓은 것 같았다.

소군이 본 장면은 거기까지였다.

그 장면을 마지막으로 시간이 정지된 듯 꿈은 멈췄다.

끔찍한 광경이 정지된 채 눈앞에 떠 있자, 소군은 꿈에서 깨려 발버둥 쳤다.

그때였다.

"밥 먹어야지, 소군아."

귀에 익은 목소리가 들려왔다.

그 목소리 덕분에 소군을 깰 수 있었다.

자리에서 일어난 소군의 상의는 땀으로 흥건했다.

그 모습에 설화가 재빨리 수건을 건넸다.

"괜찮은 거야? 또 악몽을 꾼 거야?"

"아, 아니에요. 저는 괜찮아요."

"혹시 이 검을 맡는 게 부담스러우면 공자님께 말씀드려 볼까?"

"아니에요. 정말 괜찮아요."

소군은 손을 휘휘 내저었다.

설화도 더는 신경 쓰지 않고 소군을 일으켰다.

"그럼 이제 일어나자."

"언니, 고마워요."

소군은 어색하게 웃으며 자리에서 일어났다.

모두가 식당으로 향하자, 소군은 두 자루의 검을 소중하게 품에 안으며 천장을 올려다봤다.

어제 찾은 기억은 소군으로서 받아들이기 힘들었다.

자신을 지켜 주려다가 죽었다고 생각한 무사들은 사실 자신이 죽인 것이었다.

그들이 자신을 노리던 자객이었다는 것은 뜻밖의 상황이었다.

조금만 더 이 검의 힘을 빌리면 자신의 기억을 온전히 찾을 수 있을 것 같았다.

식당으로 간 한빈 일행은 아침을 먹기 위해 탁자에 앉았다.

한빈 일행은 검을 들고 있는 소군 때문에 일부러 구석 쪽으로 갔다.

외부 손님이 검을 들고 오는 일은 있어도 아침부터 검을 들고 식사를 하는 사람은 없다.

거기에 조그만 소군이 검을 들고 있는 모습은 뭔가 어색해 보였다.

남들 눈에 띄지 않는 구석 자리에 앉은 한빈은 고개를 갸웃하며 주변을 둘러봤다.

오늘따라 주변이 어수선해 보였는데, 어디선가 고성이 오가고 있었다.

대충 들어 보면 어떤 손님이 점소이에게 불만을 터뜨리는 것 같았다.

하지만 한빈이 구석에 앉은 관계로 그곳이 잘 보이지 않았다.

한빈은 점소이와 손님들의 대화에 귀를 기울였다.

손님은 화가 난 듯 점소이에게 목소리를 높였다.

문제는 그들의 대화였다.

"이보게, 방을 바꿔 주게."

"자꾸 막무가내로 방을 바꿔 달라고 하시면 어떻게 합니까? 지금 별채 쪽은 꽉 찼습니다. 별채가 아닌 평범한 방으로 바꿔 달라고 하시면······."

"비싼 돈을 주고 별채를 빌렸으면 당연히 같은 곳으로 바꿔 줘야지. 지금 무슨 말을 하는가?"

"그러니까요. 다른 별채는 손님이 꽉 찼다고 설명해 드렸지 않습니까?"

"자네, 내가 누군지 모르나?"

"······."

"그러면 다른 손님하고 우리 방을 바꿔 주면 되지 않나?"

"그 손님들의 사정도 있는데 자꾸 그러시면······."

"그러면 나보고 귀신 나오는 방에서 잠을 자라고?"

손님이 벌떡 일어나 소리를 지르자, 점소이는 한 발 뒤로 물러나며 손을 내저었다.

"잠시만 기다리십시오. 저도 이런 경우는 처음이라서 어찌할 바를 모르겠습니다."

"허허, 그럼 내가 직접 그 손님한테 가서 방을 바꿔 달라고 할 터이니 안내하게. 아니, 내가 식사를 마친 후 그쪽 별채로 가도록 하지."

사내는 다시 자리에 앉았다.

점소이는 난감한 표정으로 사내를 바라볼 뿐이었다.

그들의 대화에 한빈 일행은 서로를 바라봐야 했다.

설화도 듣고 청화도 들었던 것 같았다.

가장 눈을 빛내는 것은 역시 소군이었다.

소군은 나지막한 목소리로 말했다.

"제가 이상한 게 아니었나 봐요. 저 아저씨들도 귀신 소리를 들었던 것 같은데요."

"그래. 네 말이 맞아."

"아, 다행이다. 휴."

소군은 안도의 한숨을 내쉬었다.

진사쌍검이 귀곡성을 막아 주었다고 생각하는 소군이었다.

하지만 그 전음의 정체가 적인지 아군인지 모르는 게 꺼림칙했다.

자신을 죽이려고 온 자객이라면 언제 당할지 모르는 상태.

그 상황에서 다른 사람도 귀곡성을 들었다는 것을 알게 되자, 귀곡성의 정체가 적의 전음이 아니라고 확신하게 되었다.

일단은 목이 달아날 걱정은 하지 않아도 되었다.

그때 청화가 고개를 갸웃했다.

"그런데 저 목소리, 왠지 귀에 익은데요."

"오호, 청화가 귀가 밝아졌네."

칭찬 한마디를 건넨 한빈은 자리에서 일어났다.

그 모습에 청화가 재빨리 한빈을 불렀다.

"공자님, 밥 안 먹고 어디 가세요?"

"잠시만, 저 손님하고 이야기 좀 하고 오게."

"그럼 다녀오세요."

아무렇지 않게 고개를 살짝 숙이는 청화.

나머지 인원들도 아무 일 없다는 듯 김이 모락모락 나는 요리를 바라봤다.

한빈이 향한 곳은 목소리를 높여 불만을 토해 낸 손님이 있는 쪽이었다.

한빈은 모퉁이를 돌아 그들 손님이 있는 쪽으로 다가갔다.

간밤에 피곤한 일이 있었는지 그들은 고개를 축 늘어뜨리고 식사를 하고 있었다.

한빈은 그들의 앞에 다가가 나지막한 목소리로 물었다.

"혹시 말씀 좀 물어봐도 될까요?"

"내가 누군지 알고 식사 자리에 감히……."

상대는 고개를 들고 불만을 토해 내다가 멈췄다.

사내뿐 아니라 나머지 사람들도 동작을 멈췄다.

시간이 멈춘 것처럼 그들은 숨도 쉬지 않았다.

먼저 입을 연 것은 한빈이었다.

"혹시 양 유생님 아닙니까? 안휘 쪽에서 유명하다는 양 유생님을 뵙게 되어서 영광입니다."

상대는 전날 만났던 양석봉 일행이었다.

이 객잔의 별채를 쓰고 있던 것이 아마도 양석봉 일행인 듯싶었다.

한빈의 질문에 양석봉은 치열하게 머리를 굴렸다.

가장 먼저 떠올린 것은 한빈과의 계약이었다.

덧붙여진 부속 계약서에는 분명히 서로 알은척을 하지 말자는 조항이 있었다.

양석봉은 재빨리 말을 이었다.

"뉘신지요?"

"저는 하북에서 온 유생 팽한빈이라고 합니다."

"오, 팽 공자셨구려. 제게 하실 말씀이라도……."

"간밤에 귀신을 봤다고 들었습니다. 그 이야기를 들어 볼 수 있을는지요."

한빈의 질문에 다른 사내들은 급하게 고개를 돌렸다.

자신들을 물 먹여 놓고 표정 하나 변하지 않고 모른 체하는 상대의 모습에 표정 관리가 안 되었기 때문이다.

그들은 고개를 돌려 손으로 부채질을 했다.

그때 양석봉이 작은 목소리로 말을 이었다.

"사실, 본 게 아니라 들은 겁니다."

"들었다면……."

"귀신의 울음소리를 들었습니다."

"오호."

한빈이 눈을 빛내며 나머지 설명을 마저 해 보라는 듯 턱짓했다.

"그러니까…….."

양석봉의 대답은 간단했다.

양석봉의 숙소에 모여서 유생들과 한잔하는데, 귀곡성이 들렸다는 것이다.

그 시각은 소군이 귀곡성을 들었던 시각과 일치했다.

양석봉에게 답을 들은 한빈은 고개를 끄덕이며 자리에서 일어났다.

"얘기는 잘 들었습니다. 우리 계약은 유림 서원으로 들어가면 바로 시작되는 거 잘 기억하시고……. 저는 이만 가 보겠습니다."

한빈은 그들에게 살짝 고개를 숙이고 뒤돌아섰다.

양석봉과 대화해 보니 귀곡성의 정체를 대충은 알 수 있을 것 같았다.

천천히 자리로 돌아가던 한빈은 혼잣말을 뱉었다.

"그게 진짜였다니!"

그 말에 지나가던 점소이가 물었다.

"손님, 저 부르셨습니까?"

"아닙니다."

한빈이 씩 웃으며 손을 내저었다.

한빈은 전생의 정의맹의 비밀 자료를 떠올렸다.

그것은 진사쌍검에 얽힌 이야기였다.

진사쌍검은 사람의 마음을 읽는다고 한다.

특히 상대의 적의를 정확하게 파악해서 주인에게 알려 준다고.

사람의 마음을 읽는 검이라?

그런 것이 어디 있겠냐고 모두가 웃기만 했었다.

그런 검이 있다면 뒤통수를 맞을 일은 없을 터.

진사쌍검이야말로 무림 최고의 보물이 분명했다.

대충 상황을 정리해 보면 적의를 느낀 진사쌍검이 검명(劍鳴)을 토해 낸 것이 분명했다.

그 적의는 양석봉 일행으로부터 온 것이 분명했다.

말은 자신들끼리 술 한잔을 했다고 하지만 그 안줏거리는 한빈 자신이 분명했다.

물고 뜯고 맛보면서 적의를 불태웠고, 그 적의가 진사쌍검의 검명으로 나타났을 것.

그것을 달래 준 것이 바로 소군이 품고 있는 마기가 분명했다.

그렇다면 진사쌍검은 마기와 공명하는 것이 맞았다.

하긴, 진사쌍검이 만들어진 것이 천산산맥 근처라고 했으니 어느 정도 일리도 있었다.

한빈은 진사쌍검을 받았던 가문이 왜 망했는지도 대충 알 것 같았다.

유명한 가문일수록 식구도 많고 내부의 다툼도 많을 수밖에 없었다.

서로서로 견제하며 서로에게 적의를 느끼고 있는 명문가에서 이 진사쌍검을 받았다면?

아마도 끊이지 않고 검명을 토해 냈을 수도 있었다.

거기에 황궁도 마찬가지였다.

과연 진사쌍검이 울지 않을 때가 있을까?

한빈은 주먹을 불끈 쥐었다.

진사쌍검이 저주받은 검이 아닌 위험을 알려 주는 검이었다니!

황궁에서도 이 비밀을 풀지 못한 이유는 간단했다.

설사 진사쌍검이 상대의 적의를 알려 주는 이능이 있다고 알고 있다고 해도 그것을 밖으로 밝힐 수는 없었다.

그 이능을 믿는 순간 황궁에서는 피바람이 불어올 터.

진사쌍검의 검명이 줄어들 때까지 숙청은 계속될 테니까 말이다.

돌아온 한빈의 표정을 본 설화가 물었다.

"공자님, 좋은 일 있었어요?"

"좋은 일이라면 좋은 일이지."

"정말로요? 무슨 일인데요?"

"그건······."

"비밀이죠?"

"우리 설화가 많이 늘었구나."

"헤헤. 칭찬 감사해요, 공자님."

설화가 방긋 웃자 한빈도 마주 웃으며 젓가락을 들었다.

다음 날 아침.

드디어 유림 서원에 들어가는 날이 되었다.

유림 서원은 이 년에 한 번, 두 달 동안 문을 닫는다.

그 이유는 간단했다.

유림 서원의 정비를 위함이었다.

그동안 유림 서원은 바닥을 대패로 밀어 내고 다시 칠을 한다.

기둥도 마찬가지다.

모든 것이 환경을 위해서라고는 하지만 그것은 모르는 사람들이 하는 소리였다.

한 이 년 정도가 지나면 유림 서원의 바닥이며 책상이며 기둥이 남아나지 않는다.

기둥이며 바닥에는 온통 유생들이 시험을 대비해서 써 놓은 글자들로 가득 차 있기 마련이었다.

유림 서원의 시험에 통과하지 못하는 것은 가문의 명예를 더럽히는 일이었다.

이 때문에 입소한 유생들은 매번 치러지는 시험에 진심일 수밖에 없었다.

그 진심이 정직한 노력으로 이어지면 좋겠지만, 매번 치러지는 시험은 그들의 한계를 넘어섰다.

시험이 한계를 넘어서는 순간 그들이 할 수 있는 일은 부정행위밖에 없었다.

그 결과 바닥이며 기둥이며 벽이 모두 시험의 예상 해답으로 가득 찬 것이다.

그렇기에 유림 서원은 이 년마다 한 번씩 정비 기간을 갖는다.

그 기간에 이곳에서 강의하는 강사들 또한 새로 바뀐다.

하오문으로부터 받은 유림 서원의 정보를 떠올린 한빈은 천천히 유림 서원의 정문으로 걸어갔다.

정문에는 꽤 많은 유생이 유림 서원의 문이 열리기를 기다리고 있다.

정문까지 가는 동안 수많은 상인의 목소리가 귀에 꽂혔다.

"자, 젊은 서생! 붓 한번 보고 가요."

"들어가면 절대 이런 벼루는 못 구합니다. 북경의 물 좋은 곳에서 갈고 닦은 영험한 벼루입니다."

상인들은 물 만난 물고기처럼 호객했다.

열정이 가득한 상인들의 모습에 설화가 관심이 동한 듯 고개를 돌렸다.

"공자님, 저희도 저거 가져가야 하는 거 아닌가요?"

"우리 것은 미리 준비해 줬으니 안 사도 돼."

"저기 저건 벼락 맞은 대추나무로 만들었다는 붓대라는데요. 그것도 양동 지방에서 가져온 거래요."

"설화야!"

"네, 공자님."

"너 보기보다 순진하구나. 진짜 그걸 믿는 건 아니지?"

"음⋯⋯. 설마 제가 저걸 믿겠어요. 헤헤."

설화는 실없이 웃으면서도 끝까지 상인들이 파는 지필묵에서 눈을 떼지 못했다.

상인들이 말하는 것을 모두 믿는 눈치였다.

아니나 다를까, 소군이 고개를 갸웃하더니 물었다.

"공자님은 왜 저게 가짜라고 생각하세요?"

그 말에 한빈은 마침 질문을 잘했다는 표정으로 고개를 끄덕였다.

"생각해 보면 정답은 간단하지."

"간단하다고요? 공자님."

소군은 눈을 끔뻑이며 한빈의 대답을 기다렸다.

"나무에 벼락이 맞을 확률. 그중에 대추나무에 벼락이 맞을 확률. 모든 것을 계산하면 저 붓대가 가짜라는 것이 맞지."

"그래도 확률이 전혀 없는 건 아니잖아요."

소군은 진짜 궁금했다.

적은 확률이라고는 하지만 아예 없는 것은 아니지 않은가.

그때 한빈이 말을 이었다.

"가장 중요한 것은 양동 지방에는 대추나무가 없다는 점이지. 토양과 기후 때문에 양동에서는 대추나무가 자라지 못해."

"헉."

소군은 작은 탄성을 질렀다.

설화는 고개를 돌리면서 안도의 한숨을 내쉬었다.

그러지 않아도 물어보려고 했는데, 소군이 그걸 대신해 줬기 때문이다.

아니나 다를까, 소군은 민망한 듯 고개를 들었다.

그때 한빈이 말했다.

"소군아, 모르는 것은 죄가 아니란다. 그러니까 저기 있는 유생들 모두 배우기 위해 유림 서원에 들어가는 거지."

"네, 감사해요. 공자님."

소군이 진사쌍검을 꼭 안은 채 영혼 없이 고개를 끄덕였다.

그 모습에 한빈이 말했다.

"소군이 힘들어 보이니, 설화와 청화가 도와주는 게 좋겠군."

한빈의 말에 설화와 청화가 진사쌍검을 나눠 들었다.

그 뒤로 한빈은 계속해서 상인들이 파는 지필묵에 관해서 설명하기 시작했다.

"저 벼루가 영험하다고 하는데……."

청화가 한빈의 소매를 잡아끌었다.

"공자님, 우리가 적을 너무 많이 만든 것 같아요."

"적이라니……."

한빈은 살짝 말끝을 흐렸다.

자신을 향한 시선이 왠지 따갑게 느껴졌다.

고개를 돌려 보니 유생과 상인 들이 모두 자신을 바라보고
있었다.

한빈은 입을 막고 헛기침했다.

"흠, 사람이 너무 정직해도……."

"너무 물이 맑으면 물고기가 살지 못한다는 말이죠?"

설화가 맞장구치자 청화는 재빨리 그들을 잡아끌었다.

그만큼 주변 사람들의 눈빛은 살벌했다.

유림 서원에 입소를 기다리는 사람들을 무식하다고 매도
했으며, 장사꾼들을 사기꾼이라 한 것과 마찬가지였다.

물론 한빈이 말한 것 중 맞는 것도 있었다.

거기에 마지막에 설화가 말한 것은 여기 모두를 거짓말쟁
이라 말한 것이었다.

한빈은 할 수 없이 슬쩍 옆으로 빠져서 기다렸다.

사실 지금 한빈은 진사쌍검의 효능을 시험한 것이었다.

진사쌍검이 검명을 내는 조건을 시험해 보기 위함이었다.

진사쌍검의 검명을 재우는 것은 소군이었다.

소군의 손에서 진사쌍검이 떠나면 이능이 발동되어야 하는데 지금은 잠잠했다.

그렇다면 이 정도의 적의로는 이능이 발동을 안 한다는 것이었다.

"흠, 이거참……."

한빈이 턱을 어루만지고 있을 때였다.

저 멀리서 유림 서원의 문이 열렸다.

문이 열리고 나온 것은 학사건을 쓴 유학자였다.

하얀 장포에 학사건을 쓴 모습은 마치 한 마리의 학이 걸어 나오는 것처럼 보였다.

내공은 없었으나 정갈한 발걸음이 그의 소양을 말해 주는 것만 같았다.

그는 낮은 목소리로 외쳤다.

"여기까지 오느라 고생 많았네! 나는 유림 서원을 책임지고 있는 장유중일세. 입소에 앞서 내 잠시 전할 말이 있어 이렇게 나오게 되었네. 올해에는 특별한 강사들을 모셨으니 기대할 만하네. 아마 자네들의 닫힌 눈을 뜨게 해 줄 강사들이니 잘 배울 수 있도록 부탁하네. 그리고……."

한빈을 비롯한 다른 유생들은 모두 장유중의 말에 집중했다.

장유중이라는 이름은 전생에도 들어 봤지만, 본 적은 없는 인물이었다.

장유중은 앞으로도 유림 서원을 굳건하게 지킬 이였다.

한빈이 기억하는 장유중은 꽤 뛰어난 인물이었다.

장유중이 이곳 유림 서원에 내려온 것은 황제의 배려였다.

잠시 쉬었다 오라는 뜻에서 이곳에 내려보냈지만, 장유중은 이곳에 뿌리를 내리게 된다.

그것은 황제의 뜻도, 장유중의 뜻도 아니었다.

장유중이 아무런 사고 없이 이곳을 잘 운영하는 바람에, 이곳의 적임자로 모두에게 인정을 받았던 것.

이 때문에 중앙으로 다시 올라가려는 장유중의 뜻은 번번이 꺾인 채 죽을 때까지 이곳에 남았었다.

아마 관과 무림이 서로 영향을 주고받지 않으니 이번 생에도 그렇게 되지 않을까 싶었다.

한빈은 주위를 둘러봤다.

주위를 보니 유생 중 몇은 벌써 꾸벅꾸벅 졸고 있었다.

조는 모습을 보니, 아무래도 재학생처럼 보였다.

그도 그럴 것이 고개를 살짝 숙인 채 꼿꼿이 서서 자고 있었다.

저 정도면 누군가 마혈을 제압해 놓은 것은 아닌지 의심될 정도였다.

말이 서서 자는 것이지, 조금만 근육이 풀리면 그 자리에 주저앉게 된다.

잘못하면 학장이 있는 앞에서 낭패를 본다는 말이었다.

그런데도 저렇게 편안하게 자고 있다고?

그중 하나는 코까지 살짝 골고 있었다.

저 정도면 유림 서원의 고인물이 맞았다.

옆을 보니 설화와 청화도 하품하고 있었다.

대충 반 시진은 너끈히 지난 것 같지만, 서원의 원장인 장유중의 말은 끝날 줄 몰랐다.

그때 누군가가 장유중의 소매를 잡아끌었다.

그제야 장유중은 헛기침하며 수염을 쓸어내렸다.

"험, 내 말이 너무 길었나 보군. 나머지 말은 안에서 하도록 하고 일단 유림 서원의 재학생부터 앞으로 나오게."

그의 말에 유생 중 삼 분의 이가 앞으로 나갔다.

유림 서원의 경비 무사는 명부와 그들의 얼굴 그리고 호패를 확인한 후 안쪽으로 들여보냈다.

한빈의 차례가 오기까지는 제법 많은 시간이 흘렀다.

"호패를 보여 주십시오."

"여기 있습니다."

한빈이 호패를 내밀자 경비 무사가 살짝 고개를 뺐다.

그러고는 낮은 목소리로 물었다.

"진짜 하북팽가의 사 공자가 맞습니까?"

경비 무사의 표정은 마치 선망의 대상을 보는 듯했다.

한빈은 고개를 끄덕였다.

"네, 맞습니다."

"허허, 진짜 혈랑공자라 불리는 그 하북팽가의 사 공자가 맞는 겁니까?"

혈랑공자는 황궁에서 내린 한빈의 별호였다.

천상혈랑을 잡고 받은 별호이긴 하지만 그 뒤 이렇게 불린 적은 드물었다.

황궁과 연계된 곳이기에 여기에서는 혈랑공자라는 이름이 꽤 유명한 것처럼 보였다.

"아, 이거 제가 직접 말하기는 뭐하고……."

한빈은 빙긋 웃었다.

이곳은 유림 서원이지만, 경비 무사는 강호의 칼밥을 먹은 자가 맞았다.

별호를 지닌 무인은 때로는 선망이 대상이 되고는 한다.

그때였다.

뒤쪽에 다른 경비 무사 하나가 요란스러운 소리를 내며 다가왔다.

유림 서원의 천재 유생 (1)

마치 걸음마다 내공을 실은 느낌이었다.

쿵. 쿵.

덕분에 모두의 시선이 한빈 쪽으로 모였다.

그는 한빈을 바라보며 눈을 가늘게 떴다.

볼살이 살짝 흔들리는 것이, 좋은 감정은 아닌 것 같았다.

한눈에 보기에도 못마땅한 눈빛이었다.

그는 앉아 있는 경비 무사를 끌어냈다.

"자네는 잠시 볼일 좀 보고 오게. 여긴 내가 맡겠네."

"조장님, 이번까지는 제가 마무리하겠습니다."

"허허, 가 보래도."

"아, 알겠습니다."

경비 무사는 조장이라는 자에게 포권한 뒤 자리를 떠났다.

수하를 자리에서 밀어낸 조장은 대신 그 자리에 앉았다.

털썩 자리에 앉은 조장은 팔짱을 끼더니 아래위로 한빈을 살폈다.

한참을 바라보던 조장은 굵직한 목소리로 물었다.

"혹시 천하 십대세가 중 하나라는 하북팽가 출신이 맞습니까?"

"네, 그렇습니다."

"무림세가 출신이 왜 여기에 온 거죠? 서류를 한번 보여 주시죠."

조장은 손을 내밀었다.

한빈은 그의 손을 보고 그가 사파 출신임을 알았다.

보통 손을 보고 그의 출신을 예측하는 것은 그리 어려운 일이 아니었다.

같은 검을 쓰더라도 사파의 초식과 정파의 초식이 어떻게 같을 수 있을까?

사파의 초식은 괴랄하거나 변초가 많아서 굳은살이 박이는 손바닥의 부위가 정파보다 넓다.

그런데 경비 조장은 굳은살이 많은 데다 두껍기까지 했다.

검이나 도를 쓰는 자가 저리 두꺼운 굳은살이 박일 리는 없었다.

굳은살의 깊이로 보면 낭아봉을 쓰는 자가 분명했다.

사파가 이곳으로 와서 관에 몸을 담는 것은 어찌 보면 자연스러운 일이었다.

화산의 매화검수였던 강유찬도 금의위에 몸을 담고 있지 않은가?

정파나 사파나 황제의 눈으로 본다면 모두 같은 무림인이었다.

한빈은 다시 경비 조장을 바라봤다.

사파 중에서도 강북 세력에 몸담고 있는 자가 분명했다.

강북의 사파라면 살짝 한빈과 연결 고리가 느슨한 곳이다.

강북 사도련과 강남 사도련은 아직도 대치 중인 상태.

정치적인 이유로 한빈을 적대시하는 것 같았다.

뒤쪽을 보니 설화와 청화가 살짝 움찔한다.

한빈은 귀를 기울였다.

지금 진사쌍검이 작게 검명을 토해 내고 있었다.

낮에 뱉어 내는 검명은 밤보다는 작았지만, 귀가 밝은 한빈은 분명히 들었다.

진사쌍검의 효능을 이렇게 증명할 줄은 몰랐다.

경비 조장의 등장이 조금 못마땅하지만 시간을 절약한 것은 맞았다.

한빈은 설화를 바라보며 말했다.

"설화야, 입학 허가서 좀 가져와 봐."

"네, 공자님."

설화는 바람처럼 달려와서 경비 조장 앞에 섰다.

아무렇지 않게 보따리를 풀어 입학 허가서가 담긴 서찰을 꺼내자, 경비 조장이 눈을 가늘게 뜨고 내용을 살폈다.

사실 이 서류는 잘못될 일이 없었다.

서류는 황궁에서 바로 내려왔으니.

경비 조장은 고개를 끄덕이더니 옆에서 패 두 개를 꺼냈다.

"이건 배정된 방입니다."

"감사합니다."

"흠, 지금 시녀가 세 명입니까?"

경비 무사는 한빈의 옆에 있는 일행을 바라봤다.

한빈은 씩 웃으며 대답했다.

"시녀가 아니라 셋 다 제 호위입니다."

"아, 호위군요……."

살짝 말끝을 흐리는 경비 조장.

그 모습에 한빈이 웃었다. 경비 조장이 아쉬워하는 것에는 이유가 있었다.

이곳에 무기를 들고 갈 수 있는 것은 호위 무사밖에 없었다.

유생이나 시녀는 무기를 들고 갈 수 없는 것이 서원의 규칙.

경비 조장의 질문에 한빈이 고개를 끄덕였으면 진사쌍검

과 월아를 모두 압수당하게 된다.

이건 한빈에게 낭패를 주려는 유도신문이었다.

하오문의 정보에 의하면 경비 무사들은 권한이 막강했다.

이곳 유림 서원의 경비 무사 삼 년이면 평생 먹고살 돈을 번다는 것이 금미랑의 얘기였다.

겉보기에는 고생만 하는 경비 무사의 권력이 강한 것은 유림 서원이 철저히 차단되어 있기 때문이었다.

한번 들어가면, 퇴교 시 혹은 이 년마다 한 번씩 오는 휴가 기간을 제외하고는 밖으로 나갈 수 없다.

하지만 예외는 항상 있는 법.

그 예외를 만들어 주는 것이 바로 경비 무사들이었다.

한빈의 표정을 본 경비 조장이 아쉬운 듯 말을 이었다.

"처소가 좁을 수도 있으니 이해해 주시기 바랍니다."

"음, 어쩔 수 없는 일이지요. 그럼 그만 가도 되겠습니까?"

"네, 그러시지요."

한빈은 뒤쪽을 돌아보고 턱짓했다.

이제 들어가자는 신호였다.

처소가 좁다는 것이 조금 마음에 걸렸지만, 할 수 없는 노릇이었다.

이곳에 놀러 온 것도 아니고 이른 시일 내에 무림 칠대기보 중 하나를 찾아야 한다.

물건을 찾으면 고민 없이 이곳을 떠날 터.

방이 어떻든 그건 상관없었다.

그때 갑자기 경비 조장이 자리에서 일어났다.

그 모습에 한빈이 물었다.

"무슨 문제라도 있습니까?"

"그, 그게 아니라, 혹시……."

경비 조장이 당황한 표정으로 설화를 바라봤다.

설화도 그 시선을 느꼈는지 고개를 갸웃한다.

"왜 그러세요?"

"혹시 그 설산……."

"설산이라니요?"

"혹시 사파의 영웅, 설산신녀 님이 아니신가 해서 물어봤습니다."

"제 별호가 설산신녀는 맞는데……."

설화는 잠깐 말끝을 흐렸다.

자신의 별호가 설산신녀가 맞긴 한데, 누군가 이렇게 알아보는 것은 처음이었다.

"자, 잠시만 기다리십시오."

경비 조장은 당황한 표정으로 재빨리 옆에서 패를 꺼냈다.

그러고는 한빈이 가지고 있던 패를 빼앗듯 가져갔다.

"죄송합니다. 제가 설산신녀 님의 일행분인 줄도 모르고……. 여기 방을 다시 드리겠습니다. 널찍한 방이니, 친구분들을 데려오셔도 될 겁니다."

한빈에게 말을 한 것처럼 보였으나, 경비 조장은 여전히 설화를 보고 있었다.

설화는 난데없는 상황에 어쩔 줄을 몰랐다.

사실 설산신녀라는 별호가 마음에 들어 여기저기 소문을 내고 싶었지만, 기회가 없었다.

그런데 생각지도 못한 유림 서원에서 자신의 별호를 아는 사람을 만날 줄이야!

"그런데 저를 어떻게 아시는 건가요?"

"지난번에 휴가를 나가면서 사천에 들렀습니다. 그때 나루 터에서 설산신녀 님의 무공을 견식할 수 있었죠."

"아, 그러셨구나!"

설화가 손뼉을 치며 좋아하자, 경비 조장이 말을 이었다.

"약한 자를 돕고 악인을 물리치는 그 모습에 감복했습니다. 혹시 부탁하실 일이 있으면 언제든 불러 주십시오."

"네, 감사해요."

"아닙니다. 당연한 일입니다. 귀인을 모시게 되어 영광입니다."

그 뒤로도 경비 조장은 입에 침이 마르도록 설화의 무공에 대한 칭찬을 늘어놓았다.

뒤쪽에 있던 유생들은 불만에 가득 찬 눈으로 경비 조장을 쏘아봤다.

그도 그럴 것이, 경비 조장 때문에 그들의 입소는 한없이 늦어지고 있었다.

보다 못한 한빈이 말했다.

"이제 들어가 봐야겠습니다."

"아, 제가 실례했습니다. 살펴 들어가시지요."

경비 조장은 손을 내밀었다.

물론 시선은 설화에게 고정된 채로.

경비 조장의 열렬한 환영을 뒤로하고 온 한빈 일행은 주변을 천천히 둘러보며 들어갔다.

그때 청화가 말했다.

"언니가 엄청나게 유명해졌나 봐요."

"아휴, 뭘 그런 것 가지고……. 그런데 왜 공자님은 못 알아보는 거지?"

"그러게요."

청화는 한빈을 바라봤다.

고개를 갸웃하던 청화는 뭔가 알았다는 듯 손뼉을 쳤다.

"이제 알겠어요. 공자님이 외모가 변하셨잖아요."

"아, 그러네."

"거기에 소문을 들어 보니 강북 쪽에는 하북팽가의 이야기는 쏙 빠졌다더라고요. 아마 강남과 강북의 사도련 간의 문제 같아요."

"흠, 그것도 그런 것 같네."

설화는 고개를 끄덕였다.

뒤쪽에서 따라오던 소군은 그들의 대화에 머리가 아득해졌다.

어쩌면 이들이 생각보다 더 대단한 인물일지도 모른다는 생각을 했다.

그때 설화가 한빈을 보면서 고개를 갸웃했다.

"공자님은 지금 뭐 하세요?"

"……."

한빈은 설화의 물음에는 답하지 않고 조용히 좌우로 나 있는 숲속을 바라봤다.

그 모습에 설화가 우혈랑검을 잡고 물었다.

"적인가요?"

"아, 진정하자. 설화야."

"그런데 왜 그렇게 심각하게 보신 거예요?"

"저기 봐 봐."

한빈이 가리킨 곳에는 토끼가 뛰어놀고 있었다.

설화는 고개를 갸웃했다.

나무로 빽빽한 숲속에서 토끼가 뛰어다니는 것은 그리 이상한 일이 아니었다.

"그냥 토끼잖아요."

"그런데 그 숫자가 너무 많지 않아?"

"숫자요?"

되묻던 설화가 눈을 크게 떴다.

한빈의 말대로였다.

토끼가 많아도 너무 많았다. 유림 서원의 뒤쪽은 산과 연결되어 있었다.

토끼가 많을 수는 있지만, 이리 많은 토끼가 서원까지 내려와서 뛰놀고 있을 수는 없었다.

"누군가가 키운다는 것인데, 왜 키울까?"

말을 마친 한빈은 잠시 숲속을 바라보다가 발길을 옮겼다.

다음 날 한빈은 첫 수업에 참석했다.

첫 수업에는 이곳의 책임자인 장유중이 나왔다.

장유중은 나와서 유생들을 바라봤다.

유생들은 똑같은 복장을 하고 있었다.

상투에 모두가 회색 속건으로 두발을 마무리하고 있었다.

자신을 과시하려고 화려한 복장을 하고 온 이들은 모두 의복과 장신구를 압수당했다.

한참을 바라보던 장유중이 입을 열었다.

"나는 이곳을 책임지고 있는 학장 장유중이네. 이제부터 내가 하는 말은 자네들에게 뼈가 되고 살이 될 터이니 자세히 새겨듣도록. 흠."

잠시 헛기침을 하던 장유중은 물을 한 모금 마시더니 다시 유생 중 한 명을 바라봤다.

"자네는 학업에 있어서 가장 필요한 게 뭐라고 생각하나?"

"그것은 바로 근본입니다. 공자님께서 말씀하시기에 군자는 근본에 힘쓰고 근본이 확립되면 인과 도가 생겨나니, 효와 제는 아마도 인을 행하는 근본이라고 하셨습니다."

"그래, 그래서 그 근본에 대해서는 얼마나 알고 있느냐?"

"……"

유생은 답하지 못했다.

그 모습에 장유중이 말을 이었다.

"근본에 다가가려고 하는 것은 학자의 본분이지. 하지만 나 또한 근본이 뭔지에 대해서 아직 알지 못했다. 그래서 나는 얼마 전부터 근본에 다가가기 위해 가장 필요한 게 뭔지를 고민해 봤다. 그래서 내린 결론은!"

장유중은 잠시 말을 멈췄다.

그 모습에 모두는 마른침을 삼켰다.

장유중은 유생들의 표정을 확인하고는 흡족한 듯 고개를 끄덕였다.

자신이 원하는 반응이라는 표정이었다.

잠시 뜸을 들인 장유중이 다시 말을 이었다.

"내가 내린 결론은 바로 학자에게 가장 중요한 것은 체력이라는 것이다. 체력이 있어야 학문도 익히고 연구도 할 것이 아니더냐. 지금부터 자리에서 일어나라."

난데없는 상황에 유생들은 서로를 바라보며 자리에서 일어났다.

하지만 이 상황을 예측한 사람은 아무도 없었다.

그때 장유중은 다시 말을 이었다.

"나는 유림 서원에 학이편 일 장의 문구를 적어 놨다. 그것을 모아 오는 자는 이번 학기 내가 강의할 논어는 모두 합격으로 처리해 주마. 참, 이번 학기의 최우수 유생에게는 황궁에서 가져온 선묘도라는 족자를 내리도록 하겠다."

선묘도라는 단어를 들은 순간 한빈의 눈이 반짝이기 시작했다.

한빈의 눈빛을 알아본 이는 아무도 없었다.

한빈의 심장 소리를 들은 이 역시 아무도 없었다.

한빈은 재빨리 자리를 뜨려 했다.

그때 장유중이 다시 외쳤다.

"모두 잠깐!"

장유중의 외침에 모두가 자리에서 멈췄다.

모두는 무게중심이 앞으로 쏠린 상태에서 몸을 가누지 못했다.

다만, 가장 먼저 자리를 뜨려 했던 한빈은 이미 앉아서 팔짱을 끼고 있었다.

장유중은 한빈을 보더니 재미있다는 듯한 표정을 지었다.

모두의 시선을 한데 모은 장유중이 나지막한 목소리로 외쳤다.

"시험이란 자고로 모두에게 공평해야 한다! 내가 듣기에는 일부 가문에서 무공을 가르치기도 한다고 들었다. 이번 시험에서는 절대 무공을 써서는 안 된다. 그리고 위치에 대한 공평함도 중요하다. 이 앞에 있는 학생과 뒤에 있는 학생이 같은 출발선상에 있다고 보나?"

"……"

장유중의 질문에 답하는 자는 아무도 없었다.

장유중은 유생들의 반응에는 아랑곳하지 않고 말을 이었다.

"학문의 출발은 근본에서 시작한다. 내가 생각하는 근본은 바로 공정함이다. 그러니……."

장유중의 말은 그 후에도 계속 이어졌다.

그의 말이 길어지자 유생들의 마음속에는 하나의 결심이 섰다.

그것은 바로 이 시험에서 반드시 우승해, 이 과목만은 면제를 받아야 하겠다는 생각이었다.

한빈 역시 이번 시험에 흥미가 있었다.

이것은 마치 보물찾기와도 같았다.

한빈이 여기에 온 목적이 무엇이던가?

바로 현무의 등껍질로 만들었다고 전해지는 무림 칠대기보 중 하나인 천수현갑을 찾기 위함이 아니던가?

그것을 찾으려면 가장 먼저 얻어야 할 것이 바로 선묘도였다.

선묘도를 가장 쉽게 손에 넣는 방법은?

지금 보니 세 가지였다.

첫 번째는 이번 학기의 최우수 유생이 되는 것이고.

두 번째는 최우수 유생에게 선묘도를 빼앗는 것이다.

물론 최상책은 세 번째 방법이었다.

그것은 장유중을 미행해서 선묘도가 있는 곳을 알아내는 것이다.

그것이 가장 시간을 단축할 수 있는 길이었다.

한빈이 계획을 세우는 동안, 장유중의 일장 연설은 끝을 향해 달리고 있었다.

"……내가 너무 시간을 빼앗은 것 같군. 내가 간 후 반 시진 뒤 종이 울릴 터이니, 그때부터 시험을 시작하면 될 것이네. 만약에 종이 울리기 전에 출발하는 학생이 있다면 학칙에 따라 다스릴 것이네. 모두 명심하도록!"

말을 마친 장유중은 자리에서 일어났다.

순간 모두의 입에서 헛숨이 튀어나왔다.

"휴."

"후."

그 모습에 장유중이 다시 말을 이었다.

"그러고 보니 아무런 단서도 주지 않았군."

"……."

순간 유생들은 다시 숨을 참았다.

장유중은 만족스러운 표정으로 붓을 들었다.

그는 눈 깜짝할 사이에 앞에 있는 종이에 글자를 하나 썼다.

일(一).

그것은 바로 '일' 자였다.

왼쪽에서 오른쪽으로 살짝 올라와 있는 것으로 봐서 완성된 글자가 아니라 어떤 글자의 획 중 하나임이 분명했다.

아니나 다를까.

장유중이 활짝 웃으며 말을 이었다.

"오늘 강의는 여기까지 하고 다음 강의 때 한 획씩 가르쳐 주지. 이 글자가 다 완성되면 단서를 찾을 수 있을 것이네."

말을 마친 장유중은 몸을 돌렸다.

한빈은 그 모습을 유심히 지켜봤다.

그가 왜 유림 서원의 지박령이 되었는지를 이번 연설을 통해서 알았다.

그가 강조하는 것은 공정함이었다.

그 공정함이 유림 서원의 발전을 이끌었던 것.

거기에 유생들의 호기심을 이끌어 내는 강의 수법까

지……. 그 무엇 하나 모자라는 것이 없는 강사였다.

장유중은 유생들이 넋을 잃고 바라보는 사이 자리에서 빠져나갔다.

그가 점이 되어 사라지는 순간, 강의실은 순식간에 아수라장이 되었다.

"지금 무슨 시험을 낸 거지?"

"그러게 말일세."

"한 획을 써 놓고 나중에 하나씩 단서를 가르쳐 주겠다는 건, 강의를 다 들으라는 거 아닌가?"

"자네 말대로라면, 정말 너무하네."

"미친 거 아니야?"

"쉿, 자네 못 들었나?"

"뭘 못 들어?"

"저 장유중 학장님의 경우 유생 중에 첩자를 심어 놓는다더군."

"헉."

"그렇게 심어 놓은 첩자를 통해……."

유생은 말끝을 흐리더니 슬쩍 어딘가를 바라봤다.

그가 바라보는 곳에는 한빈이 있었다.

그때였다.

누군가 유생들의 앞을 가렸다.

한빈을 바라보던 두 명의 유생은 앞을 선 자를 보더니 눈을 크게 떴다.

시선이 마주치자 앞에 선 사내는 가볍게 헛기침하며 두 유생을 내려다봤다.

"험."

유생 중 하나가 앞선 자를 보더니 눈을 가늘게 떴다.

그 눈빛 속에는 옅은 적의가 담겨 있었다.

유생은 재빨리 표정을 숨기고 자리에서 일어났다.

그러고는 상대를 보며 살짝 고개를 숙였다.

"자, 자네는 양 유생이 아닌가? 이번에 입학했군. 북경에서 보고 이게 얼마 만인가?"

유생의 앞에 서 있는 이는 다름 아닌 양석봉이었다.

"오랜만일세, 최 유생."

양석봉과 말을 섞고 있는 자는 산서 지방에서 온 최유지라는 유생이었다.

최유지의 산서 최씨 가문과 양석봉의 안휘 양씨 가문은 대대로 중앙 정계에서 승승장구하는 가문이었다.

앞서거니 뒤서거니 하면서 누가 더 낫다고 할 수 없이 대대로 경쟁자 관계에 있었다.

최유지는 어색하게 웃었다.

"허허, 어떻게 지냈는가? 그러지 않아도 내가 한번 찾아가려 했는데……."

"허허, 그 말은 내가 할 말이지. 회포는 나중에 풀고 일단 시험에 집중하세."

"암, 그래야지. 이 시험에 어떻게 해결해야 하는지 알고 있다면 귀띔 좀 해 주게."

"그걸 내가 어떻게 알겠나? 하지만!"

양석봉은 말을 끊더니 주변의 눈치를 살폈다.

"왜 그러나?"

"혹시 저자에 대해서 아는가?"

양성봉은 방금 전까지 최유지가 지켜보던 한빈을 가리켰다.

최유지는 그러지 않아도 궁금하던 차에 이렇게 물어보자 옳다구나 하고 답했다.

"나는 모르네. 처음 보는 자라서 경계하고 있지. 자네는 혹시 알고 있나?"

"하북에서 왔다고 하더군."

"하북이라……."

"자네도 알다시피 하북에는 눈에 띄는 가문이 없지."

"허허."

"자네의 예상대로 저자가 첩자일 가능성이 있다는 게지."

"언제 내 얘기를 들었는가?"

"아까부터 자네 뒤쪽에 있었네."

"어쨌든 정보 감사하네. 그럼 저자를 멀리해야겠군."

"그게 아니지. 저자를 옭아 넣으면 우리 생활이 편해지지 않겠나?"

"옭아 넣는다고?"

"내게 좋은 생각이 있네. 그러니까……."

양석봉은 나지막한 목소리로 최유지에게 자기 생각을 전했다.

요점은 간단했다.

상대를 도발해서 유림 서원에 있는 동안 수하로 만들라는 것이었다.

계획을 듣고 난 최유지는 고개를 끄덕이며 자리에서 일어났다.

그 모습에 양석봉이 물었다.

"지금 뭐 하나?"

"쇠뿔은 단김에 빼라는 유림의 속담이 있지 않나? 지금 내가 가 보겠네."

"허허, 나와 계획을 세워서……."

"아닐세. 나 혼자 해결하겠네."

"혼자 저자를 독차지하겠다고?"

양석봉은 과장스럽게 눈을 크게 떴다.

그 모습에 최유지가 손을 내저었다.

"자네가 자신이 있었으면 내게 얘기를 했겠는가?"

"……."

양석봉이 답하지 않자 최유지는 힘이 잔뜩 들어간 얼굴로 말을 이었다.

"그러니 이번에는 내가 나서겠네. 자네는 조용히 구경만 하게. 아마 재미있을 거야."

최유지는 희미한 미소를 뿌리고는 바로 돌아섰다.

한빈에게 다가가는 최유지를 보는 양석봉은 옅은 한숨을 내쉬었다.

"휴."

그 모습에 다른 유생들이 양석봉을 바라봤다.

양석봉이 아쉬워서 한숨을 쉰다고 착각한 것이다.

하지만 양석봉의 속마음은 달랐다.

양석봉이 도발하려고 한 것은 바로 최유지였다.

양석봉은 멀어지는 최유지를 보며 입맛을 다셨다.

누가 이기든 자신은 손해 보는 것이 없었다.

최유지가 이기게 되면 시원하게 복수를 하게 되는 것이고.

한빈이 이기게 되면 그것은 계약 내용을 지키는 것이었다.

계약 내용대로라면 최유지는 자신의 밑으로 들어오게 된다.

한빈이 제시한 계약은 마치 조약돌을 높이 쌓는 요령과도 같았다.

조약돌을 높이 쌓으려면 바닥이 튼튼해야 하는 법.

꼭대기의 조약돌이 하나라면 그 밑에는 두 개 이상이 받치고 있어야 하고 그 밑으로는 점점 더 많은 조약돌이 필요하다.

그래야 바람에도 쓰러지지 않는 법이었다.

그는 졸지에 사람들이 말하는 바람잡이가 되어 버린 것이다.

최유지는 조용히 걸어가며 상대를 살폈다.

얼굴이 허여멀건 것이, 평소에 햇빛도 못 본 얼굴이었다.

거기에 기생오라비같이 생긴 것이 마음에 들지 않았다.

외모부터가 최유지의 눈에는 만만해 보였다.

최유지의 입꼬리가 한계까지 올라간 것은 상대의 서책을 본 뒤였다.

상대의 서책에서 나는 새 책의 향기가 멀리까지 풍기고 있었다.

이곳에 있는 서생 중 사서삼경을 새로 산 이는 아무도 없었다.

스승이 가르쳐 준 주석이 남아 있는 책을 버리고 새 책을 살 유생은 없었다.

책은 학문을 갈고닦는 유생들에 있어서는 생명과도 같다.

책의 표지를 보면 상대의 학문이 얼마나 깊은지를 알 수 있었다.

사서삼경을 한 번 읽을 때마다 색은 점점 누렇게 변한다.

열 번을 읽고 나면 누렇게 변하던 것이 붉게 변한다.

백 번을 읽고 나면 붉게 변하던 것이 흙빛을 띠게 된다.

그것이 바로 유생과 함께하는 서책의 운명이었다.

지금 최유지의 논어라 적힌 서책은 누렇다 못해 검게 변한 상황. 논어뿐 아니라 사서삼경 그리고 나머지 서책들이 모두 비슷한 상태였다.

여기에 있는 어떤 누구도 저런 서책을 들고 있는 이는 없었다.

반대로 상대의 책은 깨끗했다.

즉, 상대의 학문적인 소양이 바닥이라는 것이다.

상대는 지식에 있어서나 힘에 있어서나 모두 자신의 아래였다.

최유지는 재빨리 표정을 숨겼다.

상대가 자신의 시선을 인식했는지 자리에서 일어났기 때문이다.

그 모습에 최유지는 재빨리 인사를 건넸다.

"안녕하시오. 나는 산서의 최유지라고 하오."

"반갑습니다. 저는 팽한빈이라고 합니다."

한빈이 살짝 고개를 숙였다.

그 모습에 최유지가 근엄한 표정으로 말을 이었다.

"유림 서원에는 오랜 전통이 있는데 혹시 아시오?"

"전통이라니, 금시초문이군요."

"유림 서원에서 이루어지는 첫 수업에서는 항상 학문적인 서열을 가리는 내기를 하곤 합니다."

"내기라……."

"혹시 나와 내기를 하지 않겠소?"

"무슨 내기입니까?"

"장유중 학장님이 낸 문제를 누가 먼저 푸느냐 하는 내기요."

"내기라면 무엇을 걸어야 하는지요?"

"무엇이 좋을까요? 서열을 가리는 내기다 보니 그저 아랫사람이 되는 거로 충분하지 않을까요? 보아하니 나이도 내가 많은 것 같고……."

말끝을 흐린 최유지는 최대한 사람 좋은 얼굴로 한빈을 바라봤다.

말이 위아래를 정하는 거지, 정확히 말하면 수하가 되라는 것이었다.

그 미소에 한빈도 마주 웃었다.

"저는 보이는 않는 것은 잘 믿지 않습니다. 예를 들어서 서열을 정한다는 약속이나 의라든지……."

"그럼 원하시는 게 뭡니까?"

"저는 최 유생님이 말씀하신 것에 더해 돈을 조금 걸었으면 좋겠습니다."

"돈이라……."

최유지가 말끝을 흐리며 입가에 미소를 피워 냈다.

그 모습에 주변이 술렁이기 시작했다.

유생들은 순식간에 한빈과 최유지의 주변에 모여들었다.

"드디어 서열 싸움이 시작됐나 보네."

다른 유생도 눈을 빛내며 대화에 끼어들었다.

"그래, 나도 여기 출신 학사님들한테 들었어."

"서열 싸움이 없으면 심심해서 어떻게 공부하나!"

그들의 말은 사실이었다.

첫 강의는 아니지만, 첫 주에는 학문의 높고 낮음을 가리는 서열 싸움이 시작된다.

그것을 통해서 파벌과 관계를 형성하게 된다.

"자네는 누구한테 걸 텐가?"

"나야 당연히 최 유생한테 걸어야지. 자네는 처음 보는 유생한테 걸 텐가?"

"예끼, 누굴 물로 보고."

모두가 고개를 갸웃할 때, 유생 중 하나가 붓과 자루를 들고 강의실을 휘젓기 시작했다.

그 유생이 지나갈 때면 모두는 자신의 이름을 밝히고 돈을 걸었다.

내기도 성립되기 전에 일단 돈부터 걸고 보는 유생들이었다.

그들에게는 이런 것이 낙이었다.

항상 책과 씨름해야 하는 그들에게 무슨 즐거운 일이 있겠는가?

아침에는 스승에게 배우고 밤에는 호롱불 아래에서 그날 배운 것은 모두 머릿속에 넣어야 했다.

덕분에 그들이 사는 세계는 우물 안과도 같았다.

어찌 보면 그들은 그 우물 안의 개구리였다.

이러한 소소한 내기도 그들에게는 신세계였다.

즐거움도 잠시, 누군가 고개를 갸웃했다.

"그럼 저 유생에게 거는 사람은 없다는 건가?"

"그러면 냈던 돈 그대로 받아 오는 거잖아."

"이건 내깃거리도 안 된다는 건가?"

모두가 고개를 흔들고 있을 때였다.

누군가가 강의실을 휘적휘적 걸어왔다.

순간 그들은 숨을 멈췄다.

지금 강의실에 들어온 이는 학사건을 단정히 쓰고 있는 학사였다.

문제는 그 학사가 여인이었다는 것이다.

복장으로 봐서는 유림 서원의 강사가 분명했다.

점점 다가오는 여인이 모습에, 누군가가 작은 목소리로 속삭였다.

"유림 서원에는 여자 강사가 없잖아."

"그렇지."

다른 유생도 고개를 끄덕였다.

그들의 말대로였다.

최근에 유림 서원에 여자 학사가 있었다는 얘기는 들어 본 적이 없었다.

모두는 마른침을 삼키며 여인을 바라봤다.

그때 여인은 조용히 판돈을 관리하는 유생의 앞에 섰다.

장부와 판돈이 든 자루를 들고 있던 유생은 비 맞은 생쥐처럼 애처롭게 여인을 바라봤다.

여기에서 내기했다는 것을 들키면 자신의 성적에 지장이 있을 것이 분명했다.

그는 마른침을 삼키며 조용히 손을 뒤쪽으로 가져갔다.

그때 여인이 그의 손목을 잡았다.

"그만!"

그 소리에 유생이 재빨리 고개를 숙였다.

"학사님, 죄송합니다. 저는 내기와 아무 상관이……."

"누가 내기를 하는 거 가지고 뭐라고 했나요?"

"네?"

"나도 껴 달라는 거지요."

"네?"

유생은 옴짝달싹 못 하며 계속 같은 질문만 해 댔다.

그 모습에 여인이 품속에 손을 넣었다.

여인의 손에서 나온 것은 은전이었다.

그녀는 자루에 은전을 털어 넣으며 말했다.

"나는 저 유생에게 걸지."

여인이 손가락으로 한빈을 가리키자 유생들은 웅성대기
시작했다.

"저분은 누구지?"

"그러게 말이야."

"분명히 강사 중 한 분이신 것 같은데……."

"장유중 학장님이 말씀하신 새로운 강사님 아닐까?"

"그러게 말이야, 그러고 보니……."

"그런데 저분이 든 부채는 뭐지? 조금 특이하잖아."

"저건 학우선이잖아. 요즘은 유행이 지나서 다른 가문에서
는 안 쓰고 제갈세가 사람들만 쓴다던데……."

학우선은 제갈공명이 들어 유명해진 부채였다. 덕분에 제
갈세가의 사람들은 유행과 관계없이 학우선을 들고 다닌다
고 중원에 소문이 나 있었다.

"제갈세가라고?"

순간 모두는 숨도 쉬지 않고 여인을 바라봤다.

제갈세가라면 관과 무림의 중간에 있는 가문.

제갈세가는 관직에 진출해서 중앙 정계를 휘어잡다가도
때가 되면 은퇴해서 후인을 양성했다.

그렇게 정계에서 은퇴했을 때는 꼭 강호의 한 축을 담당하
고는 했다.

유생들의 눈에는 제갈세가의 이런 행동들이 신비롭게 보
였다.

그들이 숨도 쉬지 않고 여인을 바라보는 이유는 그녀가 제갈세가 출신이라는 것뿐은 아니었다.

제갈세가가 유림 서원에 왔다는 것은 바로 제갈가의 정계 복귀를 뜻하기 때문이었다.

모두는 그녀가 누구에게 돈을 걸었는지 따위는 신경도 쓰지 않았다.

모두의 시선이 한곳에 모이자 여인이 작게 웃었다.

"다들 긴장 풀고요. 나는 이번 학기에 임시로 유림 서원의 강사를 맡게 된 제갈공려라고 해요. 이번 학기만 강의하고 돌아갈 테니 그렇게 긴장들 하지 말아요."

그녀의 말에 모두는 고개를 돌렸다.

지금 한마디는 모두의 마음을 꿰뚫어 보지 않았다면 나올 수 있는 말이 아니었기 때문이다.

그녀가 긴장을 풀라 했지만, 움직이는 유생은 아무도 없었다.

그때 제갈공려가 다시 말을 이었다.

"뭐 해요? 하던 거 마저 해야죠."

제갈공려는 판돈을 관리하는 유생의 손목을 놨다.

유생은 뒤로 주춤주춤 물러나 판돈을 마저 걷기 시작했다.

한바탕 소란이 마무리되자 한빈은 속으로 한숨을 삭였다.

대체 제갈공려가 여기에 왜 왔단 말인가?

혹시······.

불길한 예감이 스멀스멀 올라오자 한빈은 작게 고개를 저었다.

한빈의 예감이란 바로 사천당가에서 제갈공려가 했던 말이었다.

제갈공려는 이른 시일 내에 은혜를 갚는다고 했다.

그녀뿐 아니라 다른 제갈세가의 식솔들도 한빈에게 은혜를 갚겠다며 약속했다.

한빈은 십대세가 중 한 곳과 끈끈한 관계를 맺었다는 것에 만족했었다.

그들에게 지운 빚은 나중에 야무지게 써먹겠다고도 다짐했다.

그런데 지금 여기에 제갈공려가 왔다는 것은 왠지 한빈 때문인 것 같았다.

은혜를 갚는다고 해도 사실 그것은 한빈이 원하는 것이 아니었다.

알뜰살뜰 정보를 모은 후 천수현갑을 털어서 떠나는 것이 한빈의 목적이었다.

그런데 제갈세가의 인물이 버티고 있다?

그것은 도리어 한빈의 발목을 잡는 일일 수 있었다.

한빈의 표정을 본 최유지는 빙긋 미소를 지었다.

돈을 원한다고 했지만, 최유지가 보기에는 그것은 허풍에 불과했다.

허풍이 아니고서야 저리 안 좋은 표정을 할 수 없기 때문이다.

최유지는 품속에서 전낭을 꺼냈다.

그는 손을 들어 전낭을 모두에게 흔들어 보였다.

딱 봐도 무게가 제법 되어 보이는 전낭에 모두가 환호성을 내질렀다.

"오호!"

"와아."

그 환호성에 빙긋 미소를 지은 최유지가 책상 위에 전낭을 올려놨다.

탁!

묵직한 소리가 책상 위에 울려 퍼지자 최유지가 말을 이었다.

"이 정도면 되겠나."

"흠, 이건 제 생각보다……."

살짝 말끝을 흐리며 한빈이 품속을 뒤지기 시작했다.

사람들은 겨우 웃음을 참았다.

산서 최씨 가문은 학문도 학문이지만, 재산으로 쳐도 무시할 수 없는 가문이었다.

모두가 김빠진 표정으로 한빈을 바라보고 있을 때였다.

한빈은 야명주가 든 주머니를 탁자 위에 올려놨다.

최유지의 전낭보다 가벼워 보이는 한빈의 주머니에 모두

는 고개를 저었다.

기 싸움에서 벌써 승부가 났다고 생각했기 때문이다.

한빈은 턱짓하며 주머니를 확인하라는 신호를 보냈다.

최유지는 할 수 없이 자루를 살폈다.

순간 굳어지는 최유지의 눈빛.

자루 안에는 자신의 전낭과는 비교도 안 될 값비싼 야명주가 들어 있었다.

양석봉은 그 모습을 바라보며 쓴 입맛을 다셨다.

모든 것이 자신이 이틀 전 당했던 것과 판박이였다.

다만, 이번에는 승부를 예측할 수 없다는 것이 달랐다.

양석봉은 조용히 입구 쪽으로 걸어갔다.

그때 반 시진이 지났음을 알리는 종이 울렸다.

땡. 땡.

양석봉은 재빨리 강의실을 벗어났다.

아직 내기에 대한 조건이 성립되지 않은 상황이었다.

자신을 제외하면 아무도 강의실에서 벗어날 생각을 하지 않고 있었다.

이럴 때가 기회였다.

이 시험의 승자는 자신이 되어야 했다.

목표를 위해서는 물불을 가리면 안 되었다.

벌레도 일찍 일어나는 새의 몫이라는 말이 있지 않은가.

양석봉은 숨겨진 글자를 찾아 재빨리 달리기 시작했다.

하지만 밖으로 나온 양석봉은 이내 걸음을 멈췄다.

장유중의 문제를 풀기에는 아무리 생각해도 단서가 너무 없었다.

급한 마음에 나오긴 했는데 획 하나는 단서가 되지 않았다.

양석봉은 자신도 모르게 머리를 감싸 쥐었다.

"아, 어쩌다가 내가……."

그가 멍하니 있는 사이에 뒤쪽에서 기척이 들려오기 시작했다.

뒤쪽을 보니 최유지가 빙긋 웃으며 걸어오고 있었다.

그런데 한빈은 보이지 않았다.

양석봉은 모른 척 최유지에게 다가가 물었다.

"자네와 내기했던 유생은 어떻게 됐나?"

"넋이 빠진 듯 강의실에 계속 머물러 있네. 아무래도 무리한 것이지."

순간 양석봉은 최유지가 한빈에게 낚였다고 생각했다.

모든 것이 자신과 판박이였다.

양석봉이 겨우 웃음을 참고 있는데, 최유지가 말을 이었다.

"내 계획을 얘기해 줬더니 그 넋이 나간 표정이란……."

뭐가 재미있는지 최유지의 볼살이 들썩이기까지 했다.

그 모습에 양석봉이 다급하게 물었다.

"계획이란 게 뭔가?"

"나는 그자와 머리싸움을 하려고 하는 것이 아니네."

"흠."

"자네는 이 문제를 혼자 풀 수 있다고 생각하나?"

"혼자 풀지 않으면 어떻게 하려고 하나?"

"나는 여기 있는 동료들의 도움을 받을 것이네. 아까 그자가 내놓은 야명주는 내가 가진 토지를 모두 팔아야 할 정도로 거금이더군. 그런 큰 금액이 걸려 있는데, 어떻게 머리만 믿고 싸울 수 있겠나?"

"그럼 어떻게 하려고 하나?"

"나는 여기 있는 동료를 고용할 것일세. 유생들의 도움을 받아 이 문제를 해결하면 그만 아닌가? 서원에 숨겨 놨다 했으니, 손이 많으면 문제도 금방 해결될 테지."

"허."

양석봉은 입을 벌렸다.

자신은 한빈과 내기에서 자만했었다.

하지만 최유지는 상대를 얕잡아 보지 않고 전력을 다하고 있었다.

호랑이는 토끼를 잡을 때도 전력을 다한다는 말이 있지 않은가.

양석봉은 상대를 얕잡아 봤던 자신을 질책했다.

한편 텅 빈 강의실에는 한빈과 제갈공려만이 남아 있었다.

한참을 말없이 바라보던 제갈공려가 미소와 함께 입을 열었다.

"팽 공자, 오랜만이군요."

"잘 지내셨습니까? 제갈 누님. 아니, 이제는 강사님이라고 해야 할까요?"

"호호, 누님이라는 호칭이 더 듣기 좋네요."

"제갈 가주님께서는 괜찮으십니까?"

"팽 공자 덕분에 얻은 작은 깨달음을 정리하고자 지금 폐관에 들었어요."

"경하드릴 일이군요."

"모든 게 팽 공자 덕분입니다. 그래서 제가 공자를 돕기 위해 유림 서원의 강사를 자청했지요."

"헉."

한빈이 입을 크게 벌렸다.

불길한 예감은 보통 이렇게 십 할의 확률로 맞아떨어지기 마련이었다.

그 모습에 제갈공려가 피식 웃는다.

"강호를 구한 팽 공자가 그런 표정을 짓는 게 놀랍네요. 그런데 왜 밖으로 안 나가나요? 다들 단서를 찾으러 밖으로 나갔잖아요."

"지금 나가서 찾을 단서였으면 장유중 학장님이 문제로 내셨겠습니까?"

"아까는 밖으로 나가려고 했잖아요."

"다 지켜보셨군요."

"네, 궁금해서 밖에서 보고 있었어요."

제갈공려가 빙긋 웃자 한빈이 어색하게 웃으며 말을 이었다.

"배가 고파서 식당에 빨리 가려고 했던 겁니다."

"배가 고파요?"

"저도 배가 고프지만, 저 아이들이……."

한빈은 강의실 밖을 가리켰다.

그곳에는 언제 왔는지 설화와 청화가 눈을 빛내고 있었다.

순간 제갈공려가 한걸음에 그들에게 달려갔다.

달려간 제갈공려는 양손으로 설화와 청화를 한꺼번에 안았다.

"진짜 보고 싶었어. 설화, 청화."

"자, 잠시만요. 숨을 못 쉬겠어요!"

설화가 다급하게 외치자 제갈공려가 재빨리 손을 놓았다.

"어이쿠, 미안하다. 설화야."

"아니에요; 언니."

설화는 배시시 웃으며 손을 내저었다.

설화에게 제갈공려는 생사를 같이 나눈 전우이면서 든든한 언니였다. 설화에게 언니의 기준은 의외로 간단했다.

용돈이나 당과를 주면 언니고 그렇지 않으면 그냥 모르는 사람이었다.

청화는 제갈공려에게 안긴 채 조용히 웃음만 짓고 있었다.

제갈공려는 청화를 안은 팔도 풀었다.

동시에 뒤쪽으로 손을 뻗었다.

그녀가 들고 있던 학우선이 창문 밖으로 날아갔다.

휘리릭.

설화가 그 모습에 놀라 물었다.

"언니! 혹시 밖에 적이 있어요?"

말을 마친 설화는 재빨리 우혈랑검을 꺼냈다.

휙.

주변을 경계하며 갑자기 기세를 피우는 설화.

강의실의 분위기는 갑자기 변했다.

설화의 기세에 먹 냄새가 풀풀 나던 강의실이 전쟁터를 방불케 하는 피 냄새가 풍기는 듯한 착각이 들었다.

설화가 기세를 푼 것은 제갈공려의 다음 동작 때문이었다.

제갈공려가 뻗었던 손을 재빨리 회수하자 보따리 하나가 딸려 들어왔다.

제갈공려는 순식간에 손에 들어온 보따리를 설화에게 살포시 던졌다.

설화는 눈 깜짝할 사이에 우혈랑검을 품에 넣고 대신 보따리를 받아 들었다.

눈을 멀뚱거리며 제갈공려를 바라보는 설화.

제갈공려는 피식 웃으며 보따리를 가리켰다.

"선물이다, 설화야. 참, 네 선물도 있지만, 그중에는 청화의 선물도 있고 팽 공자의 선물도 있으니까. 펴 보렴."

설화는 고개를 돌려 한빈을 바라봤다.

제갈공려가 선물이라고 했지만, 그 안에는 한빈의 것도 있다고 했다. 즉, 한빈의 허락이 있어야 했다.

한빈이 가볍게 고개를 끄덕이자, 설화가 보따리를 풀었다.

가장 먼저 눈에 들어오는 것은 바로 당과였다.

설화는 일단 당과부터 빼고 나머지를 살폈다.

그때 청화가 번개처럼 떡이 든 꾸러미를 낚아챘다.

설화는 제갈공려를 바라봤다.

나머지는 한빈에게 줘도 되겠냐는 뜻이다.

제갈공려는 작게 웃으며 보따리에서 장신구 두 개를 꺼냈다.

장신구는 나비 모양의 은빛을 띤 장신구였다.

제갈공려는 나비 모양의 장신구를 설화와 청화의 머리에 각각 꽂아 주었다.

"이건 제갈가에서 심혈을 기울여 만든 도구야."

"혹시 암기인가요?"

청화가 눈을 빛내며 묻자, 제갈공려는 고개를 가로저었다.

"암기가 아니라 지도란다."

"지도요?"

"장신구를 떼서 한번 보렴."

그녀의 말에 청화는 자신의 머리에 있는 장신구를 살폈다.

요리조리 살피던 청화는 아무래도 모르겠다는 듯 고개를 흔들었다.

그 모습에 제갈공려가 자신의 머리에 있는 장신구를 떼어서 그녀에게 보여 줬다.

"앗, 똑같은 거네요."

"이건 이렇게 사용하는 거란다."

제갈공려는 자신이 들고 있던 나비 모양 장신구의 날개를 접었다.

탁.

제갈공려가 장신구를 접고 나니 나비 모양의 장신구는 사각형의 모양이 되었다.

사각형의 얇은 은판이 되어 버린 장신구에는 여기저기 구멍이 뚫려 있었다.

그 모양은 팔괘를 섞어 놓은 것처럼 어지럽게 보였다.

고개를 갸웃한 설화가 급하게 끼어들었다.

"이게 뭔가요?"

"이건 지도란다. 진법에 빠졌을 때 이걸 통해서 보면 생문이 보인단다. 혹시 몰라서 내가 슬쩍해 왔지."

"헉, 그래도 되는 거예요?"

"뭐, 가주 오라버니도 너희에게 줬다고 하면 안 아까워할 거야. 너희가 없었다면 제갈세가는 기둥뿌리도 남아 있지 않았을 테니까."

제갈공려는 슬쩍 웃으며 보따리를 한빈에게 건넸다.

"이건 팽 공자 거네요. 참, 다음에 만날 때는 학생과 스승의 관계로 만나야 할 테니 각오하세요. 그런데 정말 장유중 학장님이 낸 문제는 안 풀어도 되는 건가요? 팽 공자."

"뭐, 그렇게 쉽게 풀 문제면 포상을 걸었겠습니까?"

"흠, 언제나 여유가 있군요. 그런데 아까 보니 내기까지 하던데, 괜찮겠어요?"

"괜찮습니다. 뭐, 패배한다면 내기에 걸었던 야명주를 넘기면 되니까요."

"헉, 그게 한두 푼도 아니고……. 그 정도면 중소 문파의 일 년 치 예산일 텐데……."

"뭐, 괜찮습니다. 제 돈이 아니니까요."

한빈은 묘한 웃음을 지었다.

이것은 모두 암제의 비자금이었다.

지금은 한빈의 것이지만, 살아 있는 동안 아무리 써도 그 바닥이 드러내지 않을 정도였다.

너무 많다 보니 한빈도 가끔은 현실감각이 없어질 때가 있을 정도였다.

밖에서 보는 숲과 안에서 보는 숲이 다른 이치와도 같았다.

하지만 그가 천하제일의 부자라는 것은 어디에도 말할 수 없는 비밀이었다.

한빈의 웃음에 제갈공려가 말을 이었다.

"참, 거기에는 둘째 오라버니의 서신도 들어 있으니 꼭 읽어 보세요."

제갈공려는 보따리를 가리켰다.

"네, 명심하겠습니다."

"그럼 이만 가 볼게요."

제갈공려는 몸을 돌리다가 고개를 갸웃했다.

제갈공려가 바라보는 곳에는 소군이 멀뚱히 서 있었다.

그 모습에 그녀는 눈을 가늘게 뜨고 물었다.

"저 아이는 누군가요?"

"새로 저희와 함께할 아이입니다. 그냥 가족이라고 생각해 주시죠."

"가족이라……."

살짝 말끝을 흐리던 제갈공려가 자리에서 사라졌다.

제갈공려는 눈 깜짝할 사이에 소군의 앞에 나타났다.

그녀는 소군 쪽으로 손을 뻗었다.

제갈공려의 모습에 소군은 눈을 감았다.

뭔가 잘못되었다고 느꼈던 것이다.

그때 머리를 간지럽히는 느낌이 들었다.

소군은 살짝 실눈을 떴다.

소군의 시야에 들어온 것은 활짝 웃는 제갈공려의 모습이었다.

제갈공려는 소군의 머리를 흐트러뜨리고 있었다.

다시 보니 머리를 정리해 주고 있었다.

머리를 정리해 주고 난 제갈공려는 자신의 머리에서 장신구를 떼어 냈다.

그러고는 소군의 머리에 꽂아 주었다.

"팽 공자의 가족이라니까, 너한테도 줘야지. 이름이 뭐지?"

"소군이에요."

"그래, 소군이라⋯⋯. 재미있는 이름이네. 그럼 나중에 보자."

말을 마친 제갈공려는 자리에서 사라졌다.

소군은 자신의 머리를 만져 봤다.

그녀의 머리에는 설화나 청화의 머리에 꽂혀 있는 장신구와 똑같은 나비가 자리 잡고 있었다.

순간 소군은 가슴이 찌릿했다.

기억을 모두 되찾지는 못했지만, 이건 태어나서 처음 느껴 본 감정인 것 같았다.

가족이란 말이 이렇게 포근하게 들린다니!

소군의 눈빛이 살짝 흔들렸다.

그때 한빈이 나지막이 외쳤다.

"이제 밥 먹으러 가자!"

그 소리에 설화와 청화가 소군의 팔짱을 꼈다.

순간 소군의 머릿속에 뭔가가 떠올랐다.

"공자님! 지금 다른 유생들은 단서를 찾고 있을 텐데, 어떻게 해요?"

"아까 제갈 학사님에게 말했듯이, 괜찮단다."

"저는 공자님이 남에게 지는 게 싫어요. 저라도 단서를 찾을 테니 공자님하고 언니들은 식사하고 계세요."

소군은 이를 악물었다.

올망졸망하게 보이는 눈은 오늘따라 유난히 반짝였다.

당돌하게 한 발 앞으로 나온 소군의 모습에, 한빈이 피식 미소를 지었다.

아무래도 가족이라는 단어에 약간의 심경의 변화가 생긴 것 같았다.

긍정적인 변화에 한빈은 삼촌 미소로 답했다.

"마음은 고맙구나. 하지만 다 먹고살자고 하는 일 아니더냐? 일단 식당으로 가자."

"아무리 그래도……."

소군이 불만 어린 표정을 짓자 한빈이 턱짓했다.

순간 설화와 청화가 소군의 팔을 한쪽씩 잡았다.

그렇게 소군은 더는 반항하지 못하고 식당으로 끌려갔다.

한참을 끌려가던 소군은 나지막이 한빈을 불렀다.

"고, 공자님. 쌍검이 이상해요."

"이상하다고?"

"부르르, 부르르 떨려요!"

소군의 말에 한빈은 고개를 갸웃했다.

소군이 들고 있는 진사쌍검은 아무런 변화도 없었다.

하지만 소군의 말이 거짓이 아니라는 것을 한빈은 알고 있었다.

소군은 무서워서 살짝 어깨를 떨고 있었다.

한빈은 소군에게 손을 내밀었다.

"이리 줘 보렴."

"네, 공자님."

소군이 진사쌍검을 주자, 한빈은 그것을 받아서 살피기 시작했다.

그때였다.

한빈의 눈이 커졌다.

한빈의 귀에도 전음이 들렸기 때문이다.

문제는 그 전음의 내용이었다.

-근처에서 구결이 발견되었습니다. 하지만 확인할 수 없습

니다.

누가 들었다면 이건 귀신 씻나락 까먹는 소리라고 치부했을 것이다.

하지만 한빈은 이미 용린검법을 통해서 이런 현상을 접하고 있었다.

용린검법이 시각적으로 보여 준다면 진사쌍검은 단서를 음성으로 들려주고 있다는 차이만 있을 뿐이었다.

한빈은 주변을 둘러봤다.

기감에 집중하자 멀리 있는 유생의 무리가 느껴졌다.

한빈은 말없이 구걸십팔보를 펼쳤다.

사사삭.

낙엽 밟는 소리와 함께 한빈의 신형이 사라졌다.

한빈이 다시 나타난 곳은 서원을 샅샅이 수색하고 있는 최유지와 유생의 무리가 있는 전각의 뒤편이었다.

한빈은 기척을 숨긴 후 조용히 그들을 따라다녔다.

그것도 잠시, 그들을 계속 따라다니던 한빈은 고개를 저었다.

한빈의 눈에는 구결이 보이지 않았기 때문이다.

순간 한빈은 재빨리 용린검법을 살폈다.

용린검법의 보상 중 선택하지 않은 하나의 항목이 있었다.

[용린검법의 책장 중 하나를 확장할 수 있습니다.]

[지금 선택하시겠습니까?]

그것은 바로 책장의 선택이었다.

한빈은 이제 책장 중 하나를 선택해야 할 시기임을 깨달았다.

실력편, 응용편, 융합편의 책장 중 하나를 선택해야 할 시기.

한빈은 눈을 가늘게 뜨고 그중 실력편을 바라봤다.

한빈은 차 한 잔 마실 시간이 지나서 설화 일행에게 돌아왔다.

한빈이 돌아오자 설화가 걱정스러운 표정으로 물었다.

"공자님, 무슨 일이에요? 그렇게 갑자기 사라지실 정도면 경천동지할 일이 벌어지는 거 맞죠?"

"걱정 안 해도 된다. 그런 일은 없을 거야."

"혹시 적이 나타났나요?"

"적이 아니라 아군이라고 해 두지."

"아군이요?"

"아마도……."

한빈은 말끝을 흐리며 검지로 어딘가를 가리켰다.

그 모습에 설화가 깜짝 놀라서 물었다.

"저곳에 뭐가 있는데요?"

"식당."

한빈의 한마디에 모두는 긴장이 풀린 듯 한숨을 내쉬었다.

최유지와 대화를 나누던 양석봉은 지금 식당에 홀로 앉아 있었다.

식당에 들어온 지 벌써 반 시진이 지났지만, 양석봉은 숟가락도 들지 않고 있었다.

대신에 식당의 여기저기를 샅샅이 살피고 있었다.

양석봉은 눈에 불을 켜고 시험의 단서를 찾는 무리를 빠져나와 조용히 식당으로 들어왔다.

양석봉은 사실상 이번 시험은 포기했다.

갑자기 벌어진 내기 덕분에, 같은 또래의 무리가 모두 최유지 쪽으로 붙었기 때문이다.

이 넓은 유림 서원에서 혼자 문제를 풀기에는 역부족이었다.

시험은 포기했지만, 단서를 찾는 것을 포기한 것은 아니다.

단서를 찾으면 최유지에게 거래를 제안할 작정이었다.

장유중이 낸 시험으로 봐서는 한 곳에 단서가 있지는 않을 것이었다.

양석봉은 자신도 모르게 주먹을 꽉 쥐었다.

만향각에서 손해 본 금액을 메꾸는 길은 그것밖에 없었다.

"휴."

양석봉은 자신도 모르게 한숨을 내쉬었다.

이곳에 입학하면 안휘 양씨 가문을 배경으로 권력을 키워 나가려고 했는데, 순간의 실수로 모든 것이 무너져 버렸다.

순간 밥그릇에 한 명의 얼굴이 겹쳐 보인다.

양석봉이 치를 떨고 있을 때였다.

식당 문이 스르르 열렸다.

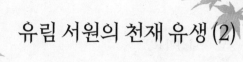

유림 서원의 천재 유생 (2)

양석봉은 본능적으로 고개를 돌렸다.

"악!"

그는 고개를 돌리자마자 비명을 토해 냈다.

문을 열고 들어온 것은 다름 아닌 자신을 벼랑 끝으로 몰아넣은 한빈이었다.

양석봉은 고개를 재빨리 돌렸다.

계약은 계약이고 일단은 한빈과 마주치고 싶지 않았다.

그는 아무렇지 않게 다 식은 음식을 젓가락으로 잡았다.

먹을 때는 개도 건드리지 않는다는 속담이 있지 않은가?

그는 허겁지겁 밥을 먹는 척했다.

그때 귀에 거슬리는 소리가 들려왔다.

"양 유생님 아니신가요?"

"……."

양석봉은 젓가락을 놓고 멍하니 한빈을 바라봤다.

팔짱을 끼고 빙긋 웃는 그 모습은 얄밉기 그지없었다.

그의 기분과는 상관없이 얄미운 입은 열렸다.

"왜 모른 척하십니까?"

"크흠, 마지막으로 준 쪽지에 모른 척하라고 하지 않았소?"

"우리만 있을 때는 예외지요."

"대체 왜 여기에 온 것이오?"

"식당에 밥 먹으러 오지, 뭔 이유가 있겠습니까?"

"음, 이곳으로 단서를 찾으러 왔군. 하지만 이곳에는 아무런 단서도 남아 있지 않소. 그러니 단서를 찾으려면 다른 곳으로 가 보시오."

양석봉은 빨리 한빈을 쫓아내고 싶었다.

"솔직히 단서를 찾아서 온 것이 아닙니다. 뭐, 양 유생님도 볼 겸 식사도 할 겸 겸사겸사 왔습니다."

"허허, 왜 나를……."

"그야 계약 때문이죠."

"마지막에 준 쪽지에 따르기로 했잖소."

"그런데 상황을 보니 그 약속을 지키지 못할 수도 있다는 생각이 들더군요."

"왜 그렇게 생각하시오?"

"지금 유생 모두가 최유지 유생의 편에 서지 않았습니까? 그런데 어떻게 열 명을 모으겠습니까?"

"음."

양석봉의 눈썹이 꿈틀댔다.

양석봉이 제안을 받은 것 중 하나가 바로 그의 밑에 열 명의 충실한 유생을 두는 것이었다.

사실 이 조건은 이곳에 오기 전까지는 아무런 문제가 없었다.

문제는 만향각에서 있었던 일이 소문이 퍼지면서 입지가 줄어들었다는 것이다.

거기에 더해 자금도 부족했다.

자신의 무리를 만들려면 자금은 필수적이었다.

그 모든 것은 지금 눈앞에 있는 한빈이라는 유생이 날려 버렸다.

사실 왜 유생을 모으라는 것인지 알 수 없었다.

양석봉이 고민하고 있을 때였다.

다시 귀에 거슬리는 목소리가 이어졌다.

"필요한 유생을 다섯으로 줄여 드리지요."

"허허, 그래 주시겠소?"

"그런데 공짜는 아닙니다, 양 유생."

"공짜가 아니라면……."

"내가 양 유생에게 시험을 할 수 있게 해 주시죠."

"어떻게 하면 되겠소? 팽 유생의 말대로 하리다."

"그럼 동의하시는 것으로 알고 시행하겠습니다."

"뭘 시행……."

양석봉은 말을 맺지 못했다.

대신 눈을 크게 뜨고 한빈을 바라볼 뿐이었다.

갑자기 목소리가 나오지 않았기 때문이다.

거기에 더해 몸도 움직일 수 없었다.

양석봉은 이런 증상을 들어 본 적이 있었다.

그것은 무림인들이 쓰는 점혈법이라는 무공이었다.

눈만 깜빡일 수 있을 뿐 손가락 하나 까닥할 수 없는 것으로 보아 그 수법이 분명했다.

양석봉은 순간 사고가 얼어붙었다.

유림 서원에서 자신에게 무공을 썼다는 것은 학칙 위반이었다.

학칙을 위반하면서도 이 짓을 벌인다는 것은…….

여기까지 생각한 양석봉은 단어 하나를 떠올렸다.

'살인 멸구?'

그때 다시 귀에 거슬리는 목소리가 들려왔다.

"그렇게 긴장하지 맙시다, 양 공자. 내 말에 동의하면 눈을 깜빡이시죠."

말을 마친 한빈은 팔짱을 끼고 기다렸다.

양석봉은 눈을 깜빡이지 않기 위해 안간힘을 썼다.

하지만 사람이 눈을 깜빡이지 않는 방법은 없었다.

이것은 본능이었다.

마치 숨을 쉬는 것과도 같았다. 숨을 참는 것도 한계가 있었고, 눈을 깜빡이지 않는 것도 한계가 있었다.

양석봉은 한참을 참다가 결국 눈을 깜빡였다.

순간 기다렸다는 듯이 한빈이 말을 이었다.

"역시 동의하시는군요. 잘 생각하셨습니다."

양석봉은 이를 악물었다.

본능적으로 눈을 깜빡인 것을 어찌 동의했다고 해석하는가?

상대는 그가 본 인간 중에 가장 자기중심적이었다.

한빈은 허공과 양석봉을 번갈아 바라봤다.

그러고는 재빨리 책장 추가를 선택했다.

순간 용린검법에서 글귀가 나왔다.

[실력편의 책장이 추가되었습니다.]

[용린검법에 변경 사항이 확인되었습니다.]

[지금 확인하겠습니까?]

순간 한빈이 눈을 빛냈다.

최유지와 유생들이 모여 있는 곳에서 실력편을 선택하지

않은 것은 한 가지 이유였다.

괜히 확인했다가 깨달음이랍시고 갑자기 무아지경에 빠져들면 난감한 일이었으니.

한빈은 망설이지 않고 고개를 끄덕였다.

순간 글귀가 바뀌었다.

[실력편 상급(上級)이 심화편으로 변경됩니다. 담을 수 있는 구결이 더 많아졌습니다. 강호에 흩어진 구결을 계속 찾으십시오.]

한빈은 터져 나오려는 탄성을 겨우 참으며 용린검법의 실력편을 확인했다.

[심화편(深化篇)]

지금만큼은 한빈도 표정을 숨기지 못했다.

자연스럽게 말려 올라가는 한빈의 입꼬리를 본 설화가 물었다.

"공자님! 괜찮으세요?"

"괜찮다, 설화야."

"무슨 일인데 그러세요?"

"아무것도 아니다."

"공자님, 많이 수상한데요……."

눈을 가늘게 뜨며 한빈의 표정을 살피는 설화.

한빈은 재빨리 웃음으로 상황을 마무리 지었다.

한빈은 심화편을 다시 살펴보았다.

뭐지?

한빈은 고개를 갸웃했다.

심화편은 거의 변화가 없었다.

즉, 모든 구결이 실력편에 나와 있던 그대로라는 것이다.

하지만 가장 아래를 보던 한빈은 눈을 크게 떴다.

[   ]

빈칸이 하나 새로 생겼다. 한빈은 재빨리 그 칸에 집중했다.

순간 용린검법이 주는 단서가 나타났다.

[심화편을 획득하신 관계로 새로운 구결이 추가됩니다. 새로운 구결을 획득하시겠습니까?]

한빈이 재빨리 고개를 끄덕이자 공간이 채워졌다.

[지(智) :   ]

순식간에 새로운 구결이 추가되었다.

역시 배움의 길은 끝이 없었다.

'지'라는 글자로 봐서는 지능과 관계있는 구결이 분명했다.

유림 서원에 오니까 '지'라는 구결이 굴러들어 왔다는 것은?

분명 하늘이 자신을 돕고 있는 것이 분명했다.

구결에 대한 감상을 마친 한빈은 양석봉을 바라보며 흡족한 미소를 지었다.

양석봉에게 전에는 볼 수 없던 구결을 나타내는 점이 보였기 때문이다.

양석봉의 머리에는 투명한 점이 찍혀 있었다.

한빈은 조심스럽게 그 점을 살폈다.

다 좋은데 점이 머리에 있다는 것은 의외였다.

이제까지 한빈은 적에게도 구결을 취했지만, 아군과의 비무에서도 상대를 죽이지 않고 구결을 취할 수 있었다.

그 이유는 구결이 나타나는 곳이 대부분 요혈을 벗어났기 때문이었다.

그런데 머리라?

구결을 위해서 이마를 뚫는다면?

한빈은 고개를 저었다. 구결을 얻자고 애먼 유생을 죽일 수는 없는 일이었다.

그때 식사가 나왔다.

식사를 가져온 것은 유림 서원의 식당 관리인으로 보이는 여인이었다.

그녀는 쟁반을 내려놓고는 한빈 일행을 보며 고개를 갸웃하더니 살짝 고개를 숙였다.

"음식 나왔어요, 유생님들."

"잠시만 기다리시죠."

"……."

"이건 별건 아니지만, 제 성의입니다. 앞으로도 잘 부탁드립니다."

"어멋."

여인이 깜짝 놀라 탁자에 놓은 은전을 바라봤다.

그도 그럴 것이, 여태껏 유림 서원에서 수고했다고 돈을 받아 본 적은 없었다.

유명한 객잔이나 음식점에서는 가끔 이렇게 큰돈을 주고 가는 손님이 있다지만, 유생들은 돈을 쓰는 것과는 거리가 멀었다.

외부로 나가서는 펑펑 써 재끼지만, 유림 서원의 식당에서는 이렇게 성의를 표시하는 일은 없었다.

당황한 여인의 모습에 한빈이 은전을 그녀 쪽으로 밀었다.

"앞으로 계속 신세 질 텐데 잘 부탁드린다는 표시입니다."

"안 그러셔도 되는데……."

여인은 말끝을 흐리며 품속에 은전을 넣었다.

자리를 떠나려던 여인이 말했다.

"혹시 더 필요한 게 있으면 말씀해 주세요, 유생님."

"아뇨, 아닙니다. 그렇게 신경 써 주시지 않으셔도 됩니다. 저는 여기 있는 유생님과 조용히 얘기를 나눠야 해서 이만……."

"그럼 식당 문을 걸어 잠글까요?"

"네?"

"조용히 대화를 나누신다고 하시니 그 정도 편의는 봐드릴 수 있죠."

여인은 씩 웃으며 기분 좋게 입구 쪽으로 걸어갔다.

그러더니 문을 잠그고 나가 버렸다.

그 모습에 한빈이 눈을 크게 떴다.

일개 식당 관리인이 저렇게 행동할 수 있을까?

아무도 신경 쓰지 않은 식당 관리인이지만, 아무래도 이곳의 권력자에게 잘 보인 기분이었다.

이제 식당에는 양석봉과 한빈 일행만이 남아 있었다.

한빈이 젓가락을 들자 모두가 같이 식사를 시작했다.

하지만 한빈의 젓가락이 향한 곳은 음식이 아니었다.

한빈의 젓가락이 향한 곳은 다름 아닌 양석봉의 이마였다.

딱.

순간 식사를 시작하던 설화가 눈을 크게 떴다.

그 모습에 한빈이 손을 내저었다.

"신경 쓰지 말고 식사해."

"네, 공자님."

설화는 재빨리 신경을 껐다.

가끔씩 이런 황당한 일이 일어나다 보니, 설화와 청화는 그러려니 하며 식사를 다시 시작했다.

문제는 소군이었다.

소군은 지금 한빈이 무엇을 하려는지 도저히 알 수 없었다.

한빈은 조심스럽게 상대의 이마를 젓가락으로 찌르고 있었다.

그것은 누가 봐도 고문이었다.

한빈의 행동을 바라보던 소군은 등골이 오싹했다.

아무리 봐도 정파의 무인 같지 않았다.

소군이 보기에 한빈은 정파가 아닌 사파에 가까웠다.

한빈은 주변의 시선에는 아랑곳하지 않고 구결을 획득하기 위해 노력했다.

하지만 아무리 노력해도 양석봉의 이마에 일렁이는 구결을 획득하는 것은 불가능했다.

한빈은 자신도 모르게 혼잣말을 뱉었다.

"진짜 뚫어야 할까?"

순간 주변의 공기가 싸늘해졌다.

옆에서 식사를 하던 설화는 재빨리 쟁반을 들고 다른 탁자로 자리를 옮겼다.

청화도 뭔가 눈치챘는지 재빨리 자리를 피했다.

소군은 별책 부록처럼 그녀들에게 끌려갔다.

한빈이 다시 젓가락으로 양석봉을 찌르자 모두는 입을 벌렸다.

모두의 예상과는 달리 한빈의 젓가락이 향한 곳은 견정혈이었다.

한빈이 아혈과 마혈을 점했던 바로 그곳.

순간 양석봉이 꿈틀하며 비명을 질렀다.

"아악!"

그 비명에 지켜보던 설화는 안도의 한숨을 내쉬었다.

유림 서원에서의 유혈 사태는 피했다고 생각하며 천장을 올려다봤다.

물론 청화와 소군의 표정도 풀어졌다.

하지만 양석봉은 아니었다.

"도, 도대체 이게 무슨 짓이오."

"양 유생이 동의하지 않았습니까? 저는 머리가 좋아지는 혈도에 대해서 연구 중이었습니다."

"그, 그게 무슨 말입니까?"

"대충 저에 대해서 알아보셨을 테지만, 저는 하북팽가 출신입니다. 알고 계시겠지만, 이건 자랑이 아니라 하북팽가라면 무가 쪽에서는 꽤 이름이 있는 가문입니다. 그런 제가 이곳에 입학하게 되었습니다."

"……."

"강호인인 제가 험난한 유림에서 견딜 수 있을까요?"

"험, 그건……."

"그래서 생각해 낸 것이, 바로 가문 대대로 내려오는 머리가 좋아지는 혈도였습니다."

"헉."

탄성을 토해 낸 양석봉이 한빈을 바라봤다.

반신반의하는 눈빛이었다.

그 모습에 한빈이 말을 이었다.

"제가 양 유생을 해코지할 이유가 뭐가 있겠습니까? 안 그렇습니까?"

"그렇다고 다짜고짜 무공을 쓰면 학칙에……."

"그것도 그렇습니다. 학칙은 병장기의 사용만 금지하고 있지 않습니까? 그리고 옛 성현의 말씀에……."

한빈은 쉬지 않고 자기 뜻을 늘어놓았다.

"흠."

양석봉은 자신도 모르게 헛기침했다.

논리적으로 파고들 틈이 없었기 때문이다.

순간 한빈이 눈을 가늘게 떴다. 갑자기 용린검법이 반짝이기 시작했기 때문이다.

정확히는 심화편의 가장 아래의 빈 곳이 빛을 내고 있었다.

아직은 빈 곳이지만, 그곳에 변화가 생기려 하고 있다는 것은 긍정적인 일이었다.

그때였다.

눈을 멀뚱히 뜨고 있던 양석봉이 조심스럽게 질문을 던졌다.

"혹시 말이요⋯⋯."

"네, 말씀하시죠."

"그 머리가 좋아지는 점혈이 진짜 가능한 것이오? 처음에는 믿지 않았으나, 팽 유생이 그렇게 적극적인 것을 보면 가능할 것도 같고 말이오. 물론 나야 그런 방법이 필요 없지만 말이오."

양석봉은 자신의 머리를 가리켰다.

하지만 본심은 다른 듯 한빈의 표정을 살폈다.

그때 한빈의 표정에 변화가 생겼다.

용린검법의 심화편에 글자가 나타났기 때문이다.

[지(智) : 일(一)]

드디어 기다리고 기다리던 숫자가 나타났다.

한빈은 감정을 추슬렀다.

'지'라는 구결이 하나 생겼다고 머리가 좋아지지는 않을 것이었다.

어떻게 얻었는지는 모르지만, 시작이 반이었다.

'지'의 구결 하나를 얻은 것을 가지고 무슨 도움이 되겠냐마는…….

한빈은 눈을 크게 떴다.

갑자기 머리가 시원해지는 느낌이 들었기 때문이다.

한빈은 자신도 모르게 머리를 만져 봤다.

마치 머리 뚜껑이 열린 기분이었다.

머리만 환골탈태한다면 이런 느낌일 것 같다는 생각이 들었다.

그때 양석봉이 걱정스러운 눈빛으로 물어봤다.

"너무 무리한 것이 아니오? 표정이 왜 그러시오?"

"아닙니다. 모든 의문이 풀린 것 같아서 그렇습니다."

"허허, 이거 참."

양석봉이 불안한 표정으로 한빈을 쳐다봤다.

한빈의 눈빛이 갑자기 변했기 때문이다.

양석봉이 볼 때 한빈의 눈동자는 휘몰아치는 태풍처럼 여러 감정을 담고 있었다.

양석봉은 그제야 한빈이 자신이 목줄을 쥐고 있는 사람이라는 것을 깨달았다.

이렇게 대화를 편하게 나누지만, 계약서가 존재하는 한, 상하 관계가 뚜렷한 상태.

양석봉의 눈빛이 살짝 떨렸다.

한빈은 그의 눈빛에는 아랑곳하지 않고 조용히 고개를 돌렸다.

물론 용린검법의 심화편을 보기 위함이었다.

사실 심화편의 '지'란 글자 하나를 획득함으로써 한빈에게는 상전벽해(桑田碧海)의 변화가 일어났다.

시작이 반이라고 생각했는데, 사실이었다.

지의 속성이 활성화되면서 자신이 모르고 있던 지식이 머릿속에 생겼다.

지식이 밀려드는 것이 아니라 원래 있었던 것처럼 눈 깜짝할 사이에 생겨났다.

지금 새로운 구결을 획득하게 된 것은 바로 논쟁을 통해서 상대를 굴복시켰기 때문이었다.

지를 획득할 수 있는 요건은 몇 가지가 있었다.

그것은 대부분 논리나 시험으로 상대를 굴복시키는 것이었다.

즉 지혜에 관련된 구결을 얻는 논리는 간단했다.

신체에 대한 구결을 얻을 때는 신체를 공략했다.

지혜를 얻으려면 머리를 뚫는 것이 아닌 다른 방법으로 상대를 굴복시켜야 하는 법이었다.

한빈의 눈은 어느덧 평온해졌다.

세찬 풍랑이 지나가고 한빈의 눈동자는 잔잔한 강물처럼 은은하게 빛나고 있었다.

한빈은 아무렇지 않게 젓가락을 들었다.

"다들 밥 먹자."

"네?"

설화가 깜짝 놀라 되묻자 한빈이 사람 좋은 얼굴로 말을 이었다.

"밥 먹으러 온 거면 밥을 먹어야지."

"그건 맞긴 한데 조금 전까지……."

설화는 말끝을 흐렸다.

한빈의 말이 옳다는 것을 알고는 있었다.

문제는 정작 한빈은 조금 전까지 양석봉의 이마를 꿰뚫기 위해 젓가락을 들지 않았던가?

여러 가지 의문이 들었지만, 설화는 조용히 젓가락을 들었다.

한빈이 하는 행동에는 다 이유가 있으니 굳이 물어보지 않아도 된다는 것이었다.

모두가 아무렇지 않게 식사를 하자 양석봉은 입을 벌렸다.

자신은 죽을 뻔했는데도 상대는 아무렇지 않게 식사를 하다니!

아무리 생각해도 한빈의 일행 중 정상적인 사람은 없는 것 같았다.

양석봉은 자신도 모르게 고개를 흔들었다.

그때 양석봉의 시야에 당황한 채 젓가락을 들고 석상이 되어 있는 소녀가 들어왔다.

양석봉은 자신도 모르게 혼잣말을 뱉었다.

"정상적인 아이가 하나는 있군."

"혹시 저보고 말씀하신 거예요?"

소군이 조심스럽게 묻자, 양석봉은 재빨리 손을 내저었다.

"아, 아닙니다. 소저."

"소저요?"

"아, 뭐라 불러야 할지."

순간 옆에 있던 설화가 웃음을 토해 냈다.

양석봉도 재빨리 젓가락을 들었다.

자신의 당황한 모습을 숨기기 위해서였다.

양석봉은 설화와 청화 그리고 소군에게 묘한 분위기 풍겨 온다는 것은 은연중에 깨달았다.

그것은 절대자의 풍모였다.

안휘 양씨 가문에서 가장 중요시하는 것이 주군에 대한 예절이었다.

황제를 측근에서 보필하는 것이 관리의 목표가 아니던가?

중앙 정계에서 은퇴한 양씨 가문의 어르신들을 보면 하나같이 패왕의 기세를 풍기고 있었다.

양석봉은 그것이 궁금해서 조부에게 물어본 적이 있었다.

조부는 그 기세가 황제의 옆에 있으면서 묻은 것이라고 했다.

황제를 옆에서 보필하던 관리조차 패왕의 기세를 흘리고 있는데, 나라의 주인은 과연 어떨까? 항상 이런 생각을 하며 여기까지 달려왔다.

그러니 패왕의 기세를 모를 리가 없었다.

양석봉은 중앙 정계의 고위 관리뿐 아니라 강호의 고수도 패왕의 기세를 풍기는 자가 있다고 들었다.

그런데 미세하지만 그런 패왕의 기세가 일개 시녀에게서 흘러나오고 있으니 이것은 말이 되지 않았다.

사실 처음부터 느낀 것은 아니었다.

지금 죽을 고비를 넘기고 나니 느껴지기 시작했다.

그런 패왕의 기세를 흘리는 시녀를 어떻게 하대하겠는가?

그러니 소저라 불렀지만, 불러 놓고 보니 어쩐지 어색했다.

양석봉이 열심히 젓가락을 놀리고 있을 때였다.

귀에 거슬리는 목소리가 들려왔다. 아니 이제는 이상하게 귀에 거슬리지 않았다.

몇 마디 대화를 나누고 나니 계약 관계와는 상관없이 호기심이 이는 인물이 바로 한빈이었다.

"자, 밥을 먹었으니 슬슬 출발할까나?"

고개를 들어 보니 한빈 일행이 벌써 입구에 도달해 있었다.

그 모습에 양석봉이 물었다.

"지금 어디로 가시는 것이오?"

"시험의 단서를 알 것 같습니다."

"허, 그게 무슨 말이오? 팽 유생."

"그 이상은 비밀입니다."

"비밀이라……."

양석봉이 말끝을 흐리자 한빈이 다시 말을 이었다.

"뭐, 그렇다는 이야기입니다. 괜히 말했다가 틀리면 제가 미안해지지 않습니까?"

한빈이 씩 웃었다.

양석봉은 한빈의 말에 백번 공감이 되었다.

갑자기 상대가 무인이 아닌 서생으로 느껴지는 양석봉이었다.

양석봉이 멍하니 보고 있을 때, 한빈 일행이 들어왔던 입구로 도로 나갔다.

점점이 멀어지는 한빈 일행을 본 양석봉은 머리가 멍해졌다.

태풍처럼 자신에게 다가온 일행이 산들바람처럼 조용히 사라지자 허탈하기도 하고 야속하기도 했다.

그때였다.

최유지와 유생들이 식당으로 우르르 몰려왔다.

양석봉과 시선이 마주친 유생들은 재빨리 그의 앞으로 다가왔다.

먼저 말을 건 것은 최유지였다.

"양 유생은 시험을 포기했나?"

"자네가 이렇게 사람을 모아서 덤비는데 내가 무슨 재주로 단서를 모으겠나. 다 모이면 나한테 귀띔이나 해 주게. 그래, 시험에 대한 단서는 많이 찾았나?"

"하나도 못 찾았다네."

"못 찾았는데 그 표정은……."

"허허, 자네는 감이 많이 떨어졌군. 생각해 보게. 나는 지금 소거법(消去法)을 쓰고 있는 것일세."

"오호, 소거법이라!"

양석봉은 고개를 끄덕였다.

소거법이란 유림에서 정답을 도출해 낼 때 쓰는 수법이었다.

정답이 아닌 것을 하나씩 지워 나가다 보면 어느덧 정답에 도달하게 되는 법.

그들이 찾고 있던 단서도 마찬가지였다.

그 단서가 숨어 있을 만한 곳을 하나씩 뒤지다 보면 어느새 진짜 단서에 도달할 수밖에 없었다.

양석봉이 저 많은 유생을 거느린다면?

그도 소거법을 썼을 것이다.

이미 많은 대상을 제외했으니 이제 진짜 단서에 가까워졌을 터.

그 자신감이 표정에서 드러나고 있었다.

잠시 대화를 나누던 최유지는 슬쩍 몸을 돌리려다가 뭔가 생각난 듯 양석봉을 바라봤다.

"자네 말일세."

"얘기해 보게, 최 유생."

"그럴 리는 없겠지만, 단서를 찾으면 내게 팔게. 어차피 나머지 친구들에게도 제안한 내용일세."

"알겠네. 단서를 발견하면 자네에게 달려가지."

"고맙네."

최유지가 돌아서자 양석봉이 눈을 빛냈다.

다른 유생과 멀리 있는 탁자에 앉은 최유지는 자신과 닮아 있었다.

가문도 그렇고 생각하는 것도 비슷했다.

양석봉은 만약 자신이 단서를 찾으면 아주 비싼 값에 팔리라 결심했다.

최유지는 분명 그것을 받아들일 테니까.

양석봉은 다시 시선을 입구 쪽으로 돌렸다.

그는 한빈 일행이 어디로 갔는지 진심으로 궁금했다.

최유지 일행보다 먼저 시험에 대한 단서를 찾을 것이라는 생각은 하지 않았다.

하지만 기대가 되는 것은 왜일까?

한빈은 산책하듯 천천히 유림 서원의 전각 사이를 거닐었다.

그 모습에 설화가 물었다.

"공자님, 단서를 찾는다고 하시지 않았나요?"

"밥을 먹었으면 응당 소화를 시켜야 하는 것이 강호의 도리!"

"헤헤, 맞아요. 역시 공자님이세요."

"참, 너희는 챙겨 온 당과나 먹거라……. 아, 벌써 꺼냈구나."

한빈은 설화를 보며 웃었다.

설화는 벌써 당과 꼬치를 들고 있었다.

청화와 소군은 말없이 떡을 나눠 먹고 있었다.

한빈 일행은 누가 봐도 산책을 하는 중이었다.

평화롭게 전각을 거닐던 한빈이 도중 갑자기 방향을 바꾸었다.

한빈이 향한 곳은 뒷산이 있던 곳이었다.

방향을 바꾸긴 했지만, 한빈은 이전과 마찬가지로 여유 있는 모습으로 걸어갔다.

설화와 청화도 아무 의심 없이 즐겁게 한빈의 뒤를 따랐다.

물론 소군은 예외였다.

아무리 생각해도 이 집단이 이해가 안 되었다.

식당에서의 행동도 그렇고, 아무렇지 않게 받아들이는 설화와 청화도 이상했다.

아니, 그 전에 제갈세가의 사람이 생명의 은인이란 말을 운운하는 것도 이해가 되지 않았다.

기억이 다 돌아오지는 않았지만, 소군도 제갈세가는 알고 있었다.

천하 십대세가의 반열에 올랐으면서도 가끔 중앙 정계에도 진출해서 관과 무림의 중간에 있는 가문.

즉, 문무를 겸비한 가문이었다.

그런 제갈세가에서 은인이라고 한다고?

문제는 하는 짓이 사파인은 저리 가라 할 정도로 사악하다는 점이었다.

한빈 일행에게 조금이나마 가족애를 느끼는 만큼 의문도 점점 커지는 소군이었다.

그들은 어느덧 수풀이 우거진 곳에 다다랐다.

그곳은 뒷산과 이어지는 숲이었다.

한빈은 숲을 바라보며 입맛을 다셨다.

"누가 봐도 수상하네."

"그게 무슨 말씀이세요? 공자님."

설화가 묻자 한빈이 숲을 가리켰다.

"누가 진법을 설치해 놨어."

"유림 서원의 경계에는 진법이 설치되어 있잖아요."

"여긴 경계가 아니잖아. 즉, 인위적이라는 거지."

"아, 그렇다면 혹시 적이!"

설화가 우혈랑검을 빼 들었다.

스릉.

설화의 손에서는 우혈랑검이 예기를 발하고 있었다.

그 모습에 한빈이 손을 내저었다.

"설화야, 너는 아무래도 휴식이 필요할 것 같구나."

"그게 무슨 말씀이에요?"

"너무 긴장하고 있어. 진법이 있다고 적이 있다는 얘기는 아니지. 그리고 이 진법에는 살심이 느껴지지 않아."

"나쁜 뜻은 없다는 얘기네요."

설화가 눈매를 좁히자 한빈이 고개를 끄덕였다.

"그렇지. 그러니 우리가 들어가 봐야 한다는 것이고."

"아."

설화가 탄성을 흘릴 때, 한빈이 진법 안으로 들어갔다.

설화도 재빨리 따라 들어갔다.

청화는 소군의 손을 잡고 함께 걸어갔다.

숲으로 들어간 한빈은 주위를 살폈다.

그러고는 설화와 청화에게 말했다.

"너희는 지금부터 이 숲에 있는 토끼를 모두 잡아."

"한 마리도 빠짐없이요?"

"에이, 그건 불가능하지. 그냥 보이는 토끼를 전부 잡아
와."

"네, 공자님."

설화는 살짝 포권하며 다시 우혈랑검을 빼 들었다.

스릉.

순간 한빈이 재빨리 설화의 소매를 잡았다.

"설화야, 죽이지는 말고."

"아……. 네!"

설화가 우혈랑검을 도로 품속에 넣었다.

한빈이 흐뭇한 표정으로 입을 열었다.

"적극적인 것은 좋지만, 중요한 것은 실수를 안 하는 것이
야. 일 검에 생명을 빼앗기는 쉽지만, 그 생명을 다시 살리는
것은 어려운 일이니까."

"아, 그것도 그렇겠네요. 이건 적어 놔야겠어."

설화는 천을 꺼내더니 흑탄으로 그 위에 글을 썼다.

이것은 설화가 이동 중에 한빈의 말을 받아 적는 방법이었다.

이렇게 받아 적은 말이 지금은 제법 많이 모였다.

설화는 이것을 '진룡어록'이라고 부르고 있었다.

물론 이것은 설화와 청화만 아는 사실이었다.

그들의 대화에 소군이 입을 크게 벌렸다.

마치 망치로 머리를 한 대 얻어맞은 것처럼 충격을 받은 소군이었다.

한빈의 몇 마디에서 도인의 풍모가 느껴지는 것은 왜일까?

그것도 잠시, 소군은 고개를 흔들었다.

사람은 쥐 잡듯 하면서 토끼의 생명은 또 소중히 하는 것이 이해가 되지 않았다.

고개를 흔들던 소군은 뭔가 이상해서 주변을 돌아봤다.

"헉."

소군이 입을 크게 벌렸다.

한빈과 청화 그리고 설화가 한꺼번에 사라진 것이었다.

모두 토끼를 잡으러 떠난 것이 분명했다.

"어떻게 하지……."

소군은 움찔움찔하며 주변을 돌아봤다.

어찌할 바를 몰랐기 때문이다.

당황도 잠시, 소군은 주먹을 움켜쥐었다.

이렇게 망설이는 자신이 이해가 되지 않았다.

순간 한빈의 말이 떠올랐다.

한빈이 항상 강조하던 것 중의 하나는 바로 밥값 하라는 것이었다.

이제는 자신이 밥값을 해야 할 때임을 소군은 본능적으로 알고 있었다.

⚜

잠시 후.

한빈과 설화 그리고 청화가 한자리에 모였다.

처음에 흩어졌던 바로 그 자리였다.

설화는 재빨리 보따리에서 실타래를 꺼냈다.

그 모습을 본 청화는 나뭇가지를 주워서 원을 그리며 바닥에 꽂았다.

설화는 실타래를 풀어 그 나뭇가지 주변을 둘러쳤다.

그들의 앞에는 토끼장이 만들어졌다.

얼핏 보기에는 조금 허름해 보였지만, 토끼장을 감싼 실은 바로 천잠사였다.

누가 이 광경을 본다는 입을 벌리다 못해 턱이 빠지겠지만, 설화는 아무렇지 않게 토끼장을 만드는 데 첨잠사를 쓴 것이다.

그들은 다시 흩어져 토끼를 잡아 토끼장에 넣었다.

한빈은 그 뒤 비슷한 일을 한 시진 정도를 반복해서 수행했다.

토끼장에 토끼들이 바글대자 한빈이 입을 열었다.

"설화야, 청화야. 너희 눈에는 뭐가 보이지?"

"토끼요, 공자님."

설화가 답하자 뒤를 이어 청화도 말을 이었다.

"저는 귀여운 토끼가 보여요, 공자님."

그들의 대답에 한빈이 빙긋 웃었다.

"하하. 맞아, 저건 다 토끼지. 그런데 보통 토끼가 아니란다."

"그게 무슨 말이에요?"

설화가 고개를 갸웃하자 한빈이 말을 이었다.

"저 가운데 놈을 한번 잡아 보렴."

"이놈이요?"

"그래."

"여기 있어요."

설화는 토끼의 귀를 잡고 한빈의 앞에 흔들었다.

한빈이 그 토끼를 넘겨받고는 눈을 가늘게 떴다.

그러고는 어딘가를 가리켰다.

"자, 이곳을 잘 보렴."

"헉, 저기에 왜?"

설화가 눈을 크게 떴다.

토끼가 알록달록해서 처음에는 몰랐었다.

그런데 자세히 보니 토끼의 알록달록한 부분은 무늬가 아니라 누군가 새겨 놓은 글자였다.

설화가 놀란 사이, 청화가 손뼉을 치며 말했다.

"저건 '시(時)' 자네요."

"그래, 시가 맞다."

"왜 여기에 글자가 있을까요?"

"생각해 보면 장유중 학장님이 내준 단서는 명확했지."

"단서라니요? 그런 말 못 들었는데요."

설화가 눈을 크게 떴다.

설화는 강의실 밖에 있기는 했지만, 내공을 써서 청각을 최대한으로 끌어올렸기에 안에서 일어나는 일을 모두 들을 수 있었다.

아무리 생각해도 단서 같은 것은 듣지 못했다.

설화가 호기심 가득한 표정을 짓자, 한빈이 고개를 끄덕이며 말을 이었다.

"장유중 학장님은 분명히 자연과 벗하라고 하셨지. 그리고 유생들의 건강이 걱정된다고 활동을 하라고도 하셨고……."

한빈은 살짝 목소리를 높여 설명을 이었다.

"유림 서원에 처음 들어올 때 이상하게 토끼가 많았어. 그 것도 수상하다 생각했지⋯⋯."

한빈의 설명에 설화는 고개를 끄덕일 수밖에 없었다.

작은 단서들이 모여 하나의 명확한 단서가 되었다.

하지만 이상한 것은 한빈의 목소리가 조금 크다는 것이었다.

항상 비밀을 최우선으로 생각하는 한빈이었다.

그런데 지금은 누구에게 들려주고 싶다는 듯 목소리를 높이고 있었다.

❦

한빈 일행이 있는 장소에서 조금 멀리 떨어진 곳에는 정자가 하나 있었다.

그 정자에는 장유중이 찻잔을 들고 있었다.

그 앞에는 여인이 마주 앉아 차를 마시고 있었다.

한가롭게 차향을 음미하던 여인이 정자의 처마에 달린 풍경(風磬)을 보더니 다급하게 찻잔을 놓았다.

바람이 불지도 않는데도 불구하고 풍경은 미세하게 떨리고 있었다.

그 모습에 그 옆에 있던 장유중이 물었다.

"무슨 일이 일어난 것이냐? 혜화야."

"아무래도 누군가 진법 안으로 들어온 것 같아요. 오라버니."

여인이 눈을 가늘게 떴다.

혜화라 불린 여인은 장유중의 친동생인 장혜화였다.

장혜화는 다름 아닌 유림 서원 식당의 관리자였다.

모두가 그저 주방의 일꾼이라고 생각했던 그녀가 신분을 숨기고 있던 이유는 간단했다.

장유중은 사람의 본성이 가장 잘 드러나는 곳이 바로 식당이라고 생각했다.

맛있는 것을 먹고, 편안하게 자고, 좋은 옷을 입고 싶은 것은 의, 식, 주를 갈구하는 인간의 본성이었다.

식(食)은 그중 하나였다.

그런데 하찮게 여기는 관리자만이 그곳에 있다면?

아마도 백이면 백, 모두 그들의 본성을 드러낼 것이라고 생각했다.

그 예상은 정확히 맞았다.

학장과 학사들이 안 보는 곳에서 유생들은 그들의 본성을 그대로 드러냈다.

장혜화는 이제껏 단 한 번도 유생들의 분란에 끼어든 적이 없었다.

오랜 세월 그저 관찰자로 묵묵히 식당을 관리해 왔을 뿐이었다.

오늘만 제외하고는 말이다. 오늘은 정말 특별한 날이었다.

유생 하나가 자신에게 은전을 찔러준 것이다.

여태껏 유생에게 따뜻한 말 한마디도 들어 본 적이 없는 그녀였다.

유생들은 공부만 아는 족속이었다.

정확히는 세상은 모르고 자신만 아는 삐뚤어진 자가 많았다.

세상을 모르고 공부만 하던 이들이 관리가 된다면 세상은 어떻게 될까?

그 결과가 바로 가문이나 태풍보다 무섭다는 관리의 비리였다.

유림 서원은 그들의 인성까지 검증한다.

하지만 정작 유생들은 누구로부터 검증받는지 알 수 없었다.

사실 이곳에서는 일꾼조차 나라에서 준 품계가 있었다.

유생들은 열두 시진 내내 그들에게 감시를 당하고 있다고 보면 되었다.

이런 세세한 안배가 유림 서원을 지금의 명문 서원으로 만든 원동력이었다.

장혜화는 이제까지 유생들에게 높은 점수를 준 적이 없었다.

그런데 오늘 만난 유생에게만은 높은 점수를 주고 싶었다.

은전을 찔러줘서는 아니었다.

그 마음 씀씀이가 기특해서였다.

장혜화는 자신의 오라버니가 낸 시험에 그 유생이 통과하기를 바라고 있었다.

하지만 그것은 불가능한 일이다.

장유중이 낸 문제는 맞히라고 낸 문제가 아니었다.

학문의 깊이가 끝이 없다는 것을 유생에게 알려 주기 위해 낸 문제였다.

그런데 강의 첫날에 그 단서가 있는 진법 안으로 들어왔다고?

이것은 말이 안 되었다.

난처해하는 장혜화의 표정에 장유중이 입을 열었다.

"그렇다면 어서 안내해야지 뭘 꾸물거리고 있느냐, 혜화야."

"대체 어떻게 이 장소를 알아냈을까요?"

"그야 첫 강의에 내 말을 빠짐없이 들었던 유생이 있었겠지."

"들었다 하더라도 갓 입학해서 말귀를 알아듣는 유생이 있다고요?"

"네가 누군가 들어왔다고 하지 않았느냐?"

"일단 가 보죠. 길을 잃은 걸 수도 있으니까요."

"허허허, 그것도 그렇겠구나. 만약에 내 말을 알아듣고 이곳으로 온 것이라면, 문제를 못 풀더라도 천재로 인정해야겠지."

"아마 그런 일은 없을 거예요. 일단 가 보죠."

"그러자꾸나."

장유중이 고개를 끄덕이자 장혜화가 앞장서서 걷기 시작했다.

장유중은 조용히 동생의 뒤를 따랐다.

그의 동생인 장혜화는 어찌 보면 안타까운 인물이었다.

그녀는 병법과 진법의 천재라 불렸다.

하지만 여인이라는 이유로 관리로는 등용되지 못한 비운의 인물.

그나마 그녀가 활약할 수 있는 것이 바로 이곳 유림 서원이었다.

유림 서원이 난공불락의 요새라 불리는 이유 중 하나는 바로 장혜화가 심혈을 기울여 설치한 진법 덕분이었다.

그때 장혜화가 재촉하듯 외쳤다.

"오라버니, 빨리 오세요! 제 걸음 똑같이 따라와야 하는 거 아시죠?"

"그래, 대신 천천히 가자꾸나."

"네, 천천히 따라서 오세요."

말은 그렇게 했지만, 장혜화는 속도를 늦추지 않았다.

잠시 뒤.

그들은 침입자가 있는 구역에 도착했다.

그들은 조심스럽게 침입자들을 관찰했다.

안쪽에서는 이쪽을 못 보기에 그들은 마음 편히 진법 안을 바라볼 수 있었다.

잠시 그들을 지켜보던 장혜화와 장유중은 경악한 표정으로 서로를 바라봤다.

먼저 입을 연 것은 장유중이었다.

"허허, 지금 단서에 거의 접근했구나. 어떻게 이런 일이……."

"……."

장혜화는 답하지 않았다.

단서에 접근한 유생의 얼굴을 보고 입을 다물 수 없었다.

단서에 접근한 유생은 다름 아닌 유림 서원에서 처음으로 인간미를 느꼈던 자였다.

분명히 식당에 있어야 할 자가 어떻게 여기에 왔단 말인가?

하지만 기쁜 마음도 있었다.

만약 자신의 오라버니가 낸 문제를 풀 유생이 있다면?

그건 바로 저 유생이 되었으면 좋겠다고 생각했다.

장혜화가 입을 벌리고 있자, 장유중이 물었다.

"대체 왜 그리 놀라느냐? 혜화야."

"아, 아무것도 아니에요. 오라버니."

"단서에 접근했지만, 문제를 푸는 것은 아마 어려울 것이다. 물론 여기까지 왔다는 것 하나만으로 저 친구의 천재성은 인정해 줘야겠지."

"네?"

"내가 중요시하는 것은 문제의 정답이 아니라……."

"그게 아니면요?"

"풀이 과정이 중요하지. 해결 방법을 모른 채 정답만 외치는 관리는 이 나라에 필요 없단다."

"흠."

"왜 그리 아쉬운 표정을 짓느냐?"

"저는 저 유생이 잘되었으면 해서요. 그런데 저 유생의 이름이 뭐죠?"

"팽한빈이라고 하더구나. 하북팽가의 직계로 알고 있다."

"하북팽가요?"

장혜화가 눈을 크게 떴다.

놀란 장혜화의 모습에도 아랑곳하지 않고 장유중은 답했다.

"그렇게 들었다."

"하북팽가라면 무가가 아닌가요? 그런데 오라버니가 낸

문제의 정답에 근접했다고요?"

"정확히는 근접한 게 아니라 끝자락을 잡은 것이지. 내 생각에는 무가 출신이라 가능했던 게 아닌가 싶구나. 논리보다도 몸이 먼저 움직이는 것이 무인의 습성이니 말이다."

"흠, 그것도 그렇겠네요."

장혜화가 고개를 끄덕일 때였다.

갑자기 그들이 사라졌다.

그 모습에 장유중이 말했다.

"여기까지인 것 같구나."

"잠시만 기다려 봐요, 오라버니."

장혜화는 마음씨 좋은 유생의 활약을 조금 더 지켜보고 싶었다.

"흠, 그럼 잠시만 지켜보다가 가자꾸나."

장유중은 근처 바위에 기대어 그들이 떠난 자리를 바라보고 있었다.

그것도 잠시, 장유중은 눈을 크게 떴다.

단서를 모아 가는 한빈을 본 것이다.

마치 누가 정답을 가르쳐 준 느낌이었다.

하지만 정답을 아는 이는 유림 서원 내에 장유중밖에는 없었다.

동생인 장혜화마저 자신이 어떤 문제를 냈는지는 정확하게 몰랐다.

이곳이 시험 장소라는 것만 알고 있었다.

시험 장소도 그렇고 시험 내용도 유림 서원의 기수마다 달라진다.

물론 시험 장소에 진법을 설치하는 것은 그녀의 일.

그런 이유로 장혜화는 그리 놀라지 않았다.

다만, 눈을 크게 뜨고 있는 장유중의 머릿속이 궁금할 뿐이었다.

"오라버니, 왜 그렇게 놀라세요?"

"지금 저 말을 들어 보거라. 내 생각을 읽고 있는 것처럼 일목요연하게 논리를 늘어놓지 않느냐?"

"그럼 정답을 푼 건가요?"

"정답이 중요한 것이 아니라 풀이 과정이 중요하다고 내가 누누이 말하지 않았느냐? 정답을 밝힌다고 하더라도 풀이 과정을 증명하지 못한다면 통(通)을 줄 수는 없지."

"오라버니는 신입생들에게는 정말 짓궂으시군요."

"그래도 정말 놀랍다. 하북팽가에서 저런 유생이 나오다니……. 이건 나라의 복이야, 나라의 복. 오랜만에 진정한 관리가 될 천재를 만났구나. 이만 가 보자꾸나. 정답은 못 맞히겠지만, 이 정도만 해도 잔치를 열어야겠어."

"그 정도예요?"

"하하."

장유중은 웃음으로 대답을 대신했다.

실로 오랜만에 진심을 담아 웃어 보는 그였다.

그는 돌아가면 자신의 지인들에게 쓸 만한 인재가 나타났다고 서신을 쓸 생각이었다.

아마도 그 서신을 받은 친구들은 모두가 그 인재를 자신에게 달라 조를 것이 분명했다.

그 생각을 하는 장유중의 입꼬리는 벌써 슬금슬금 올라가고 있었다.

설명을 끝낸 한빈은 빙긋 웃었다.

정말 재미있는 진법이었다.

이 진법 자체가 시험장일 줄은 한빈도 몰랐었다.

거기에 시험 감독관이 있을 줄은 더더욱 상상하지 못했었다.

한빈은 그 시험 감독관이 들을 수 있게 조금 목소리를 높인 것이었다.

설명을 마친 한빈은 주변을 쓱 둘러보더니 다시 말을 이었다.

"그럼 나머지도 찾자."

"네, 공자님."

청화가 매의 눈으로 토끼들을 관찰하기 시작했다.

그 모습에 설화가 말했다.

"잠시만 기다려 봐."

설화가 보따리를 꺼내자 옆에 있던 한빈이 품속에서 먼저 뭔가를 꺼냈다.

"자, 이걸 쓰거라."

"헉, 제가 이거 찾는지 어떻게 아셨어요?"

설화는 놀란 표정으로 한빈이 건넨 물건을 받았다.

그것은 다름 아닌 은침이었다.

"그러지 않아도 나도 너와 비슷한 생각을 했지."

"헤헤, 뭔가 기쁜데요. 공자님."

해맑게 웃은 설화는 은침을 토끼에게 날리기 시작했다.

은침은 모두 일정한 부위에 박혔다.

토끼의 뱃살 부분이었다.

그 모습에 한빈이 고개를 끄덕였다.

"대단하구나. 어떻게 토끼의 혈도를 알았느냐?"

"……."

설화는 대답하지 않은 채 조심스럽게 한빈의 안색을 살폈다.

그 모습에 한빈이 말했다.

"찍었구나. 뭐, 어찌 가든 북경으로만 가면 된다는 강호 속담도 있으니 괜찮다."

말을 마친 한빈은 토끼를 바라봤다.

그들은 토끼에 새겨진 글자를 대부분 얻을 수 있었다.
설화는 토끼로부터 발견한 글자를 기록하기 시작했다.
천 위에는 글자가 점점 늘어났다.

시(時). 불(不).
열(說). 이(而).
습(習). 지(之).
역(亦). 호(乎).

글자는 모두 여덟 개로, 나머지 토끼 중에는 글자가 없는
놈들도 있었다.
토끼들은 배를 드러낸 채 굳어 있었다.
그 모습에 설화가 말했다.
"아무래도 이제 풀어 주는 게 좋겠는데요, 공자님."
"마혈에서 빼고 주마혈에 놔."
"네?"
설화가 눈을 크게 떴다.
마혈은 움직임을 제한하는 데 쓰지만, 주마혈은 기력을 올
리는 데 쓰는 혈도였다.
"우리 거라는 표시는 해야……."
한빈이 설명하려 할 때, 청화가 다급한 표정으로 한빈의
소매를 잡아당겼다.

"공자님, 큰일 났어요."

"큰일이라니?"

"소군이 안 보여요. 토끼 잡으러 갔다가 길을 잃었나 봐요. 찾으러 갈까요?"

"흠, 녀석에게 잠시 시간을 주자꾸나."

"괜찮을까요?"

"아마도 괜찮을 것 같다."

한빈은 어딘가를 보며 웃었다.

그 모습에 설화와 청화는 안심한 듯 서로를 바라봤다.

그때 한빈이 다시 말을 이었다.

"그럼 이제 글자를 맞춰 볼까?"

한빈의 말에 청화가 눈매를 좁히며 글자에 집중했다.

그 모습에 한빈이 놀랐다.

"청화가 대단하구나! 논어를 공부했다니……."

"저 논어 모르는데요. 공자님."

"그런데 어떻게 이 글자를 풀려고 하는 거지?"

"보다 보면 나오지 않겠어요? 공자님이 항상 그러셨잖아요. 몰라도 두드리라고요. 그러면 계약서가 나온다고요."

"아."

한빈이 입을 크게 벌렸다.

생각해 보니 그런 비슷한 말을 한 적도 있었던 것 같았기 때문이다.

그때 설화가 입을 열었다.

"저 알 것 같아요. 저는 논어를 공부한 적이 있어요."

"와, 언니 진짜예요?"

"그렇단다."

"시간도 없었을 텐데 언제 배우신 거예요?"

"흠, 그건……."

설화가 말끝을 흐렸다.

사실 살수는 극한 직업이었다.

다른 사람의 목숨을 노린다는 것 자체가 적을 많이 둘 수밖에 없는 상황.

그 실수를 줄이자면, 반드시 위장을 해야 했다.

예를 들어 서생으로 위장했는데 공자나 맹자가 얘기한 글귀를 모른다면 당연히 의심받을 수밖에 없다.

그런 이유로 사서삼경과 그림 정도는 수박 겉핥기식으로 배웠다.

그런데 지금 글귀는 그나마 논어의 앞부분이라서 기억이 났다.

설화는 자신 있게 말했다.

"음, '학이시습지(學而時習之)면 불역열호(不亦說乎)'라는 말이 있어. 청화야. 여기 글자를 잘 조합해 보면 '학'만 빠져 있어."

"언니, 대단해요!"

청화는 흥분한 듯 손뼉을 쳤다.

짝, 짝.

"그럼 이제 문제를 다 푼 건가요? 공자님."

"아직이다."

"왜요? 글자를 다 알아냈잖아요."

"마지막 토끼 한 마리를 잡아야 이 문제는 끝나지. 아마도 이 문제는 누군가 풀라고 내놓은 것이 아닐 것이야."

"그게 무슨 말이에요?"

"토끼에 써 놓은 글자를 잘 보렴."

"글자가 왜요?"

"자세히 보면 이건 보통의 먹과는 조금 다르지. 아마도 서역에서 들여온 먹물에 흑유를 섞은 것 같다."

"대체 왜 그런……."

"비가 와도 지워지지 않게 하기 위해서겠지."

"그럼 유생들을 배려한 거잖아요."

"재미있는 것은 지금이 토끼들의 털을 가는 기간이라는 점이지. 저 털이 다 빠진다면 털을 하나하나 다 모으지 못한다면 풀지 못하는 거다."

"음, 왜 그런 거죠?"

청화가 고개를 갸웃하자 설화가 슬쩍 끼어들었다.

"엿 먹으라는 거지, 뭐겠어?"

"헉, 언니!"

"아, 미안, 나도 모르게 흥분했네. 며칠 내로 이 토끼를 못 잡았으면 단서가 다 사라진다는 거잖아. 그걸 생각하니 나도 모르게 흥분했어."

설화가 씩씩대자 한빈이 말을 이었다.

"아마도 신입생들에게 하는 경고겠지."

"무슨 경고요?"

"배움에는 끝이 없다는 경고. 그리고 여길 잘 봐라."

한빈은 씩 웃으며 토끼 하나를 들어 올렸다.

그러고는 토끼의 목덜미를 만졌다.

털을 옆으로 젖히자 그곳에는 가느다란 실이 있었다.

실의 끝에는 손톱만 한 조각이 매달려 있었다.

마치 토끼가 호패를 차고 있는 것 같은 이상한 모습이었다.

한빈은 토끼의 목에 걸린 조각을 떼어 내서 설화에게 보여 줬다.

"이걸 봐라."

"흠, 여기에도 글자가 적혀 있네요."

설화가 입을 벌렸다.

그도 그럴 것이, 털에 적혀 있는 글자가 나무에도 써 있었다.

글자를 확인한다고 해도 증표가 없으면 모두 헛수고라는 뜻이었다.

"재미있는 것은 이건 비를 맞으면 녹는 재료라는 거지."

설화는 재빨리 주변을 가리켰다.

"그럼 빨리 토끼를 잡아요. 공자님은 여기 계세요. 청화랑 제가 토끼 잡아 올게요."

"그래. 나는 이곳에서 소군이를 기다리고 있으마."

한빈이 고개를 끄덕이자 설화와 청화가 흩어졌다.

···

소군은 지금 진퇴양난의 상황에 빠져 있었다.

알록달록한 토끼를 잡기 위해 정신없이 뛰어다녔다.

처음에는 토끼를 잡기 위해 뛰었었다.

하지만 바로 목적이 바뀌었다.

소군은 그저 뛰는 것 자체가 좋았다.

정신없이 뛰다 보니 묘한 해방감이 느껴졌다.

기억은 정확히 나지 않지만, 이런 해방감을 느낀 것은 지금이 처음이라고 본능이 말해 주고 있었다.

토끼는 길잡이고 소군 자신은 그 뒤를 쫓는 행인이었다.

그렇게 정신없이 달리던 끝에 토끼가 멈췄다.

소군은 그제야 정신을 차리고 토끼를 잡았다.

토끼를 잡고 돌아가려는 순간, 소군은 일이 잘못되었음을 깨달았다.

이전에 이곳에 진법이 설치되어 있다는 한빈의 말은 사실

이었다.

　토끼를 들고 주변을 바라보니 자신이 서 있는 곳은 백척간 두였다.

　좌우, 앞뒤 할 것 없이 한 발만 내디디면 천 길 낭떠러지였다.

　소군은 그곳에서 한 발짝도 움직일 수 없었다.

　이게 환상일 수도 있지만, 보통 진법은 기관 장치처럼 섞어서 설치하기 마련이었다.

　저 천 길 낭떠러지 아래에는 창이 빼곡히 심겨 있을 수도 있었다.

　문제는 이곳에 서 있은 지 얼마 안 됐는데 갑자기 어두워졌다는 점이다.

　소군은 순간 현기증을 느꼈다.

　갑자기 극심한 허기를 느낀 것이다.

　당연히 소군의 몸은 좌우로 휘청이기 시작했다.

　소군은 이를 악물며 토끼를 잡은 손을 놓지 않았다.

　순간 소군은 오전에 제갈공려로부터 받았던 장신구를 떠올렸다.

　이 장신구는 진법에서 생로를 알려 주는 도구라고 했다.

　소군은 힘겹게 머리에서 장신구를 떼어 냈다.

　그러고는 재빨리 날개를 눌렀다.

　순간 장신구는 제갈공려가 시범을 보였던 대로 사각형으

로 바뀌었다.

사각형 안에는 무수히 많은 팔괘가 촘촘히 새겨져 있었다.

소군은 장신구를 통해 주변을 둘러봤다.

뭐지?

소군은 고개를 갸웃했다.

이 작은 공간 안에 길이 여러 갈래가 있었다.

한 걸음이라도 벗어나면 끝장이었다.

소군은 마른침을 삼키며 장신구에 집중했다.

그녀는 장신구를 통해 앞을 보며 천천히 진법을 벗어났다.

진법을 벗어나자 바로 산들바람이 코끝을 간지럽혔다.

휘.

소군은 한숨을 한 움큼 토해 냈다.

"휴."

그때였다.

설화의 목소리가 들려왔다.

"소군아, 괜찮니?"

"네, 괜찮아요. 언니."

"그래, 너는 공자님께 가 보렴. 나는 토끼를 마저 찾아봐야 해서……."

"저도 한 마리 잡았어요, 언니."

소군은 토끼를 내밀었다.

순간 설화가 눈을 크게 떴다.

"이건 대체 어떻게 잡은 거야?"

설화가 이리 놀라는 이유는 간단했다.

지금 소군이 내민 토끼에는 선명하게 '학(學)'이라는 글자가 적혀 있었다.

다음 권으로 이어집니다

사령왕 카르나크

임경배 판타지 장편소설

『권왕전생』『이계 검왕 생존기』의 작가 임경배 신작!
죽음의 지배자, 사령왕 카르나크의 회귀 개과천선(?)기!

세계를 발밑에 둔 지 어언 100년
욕망도 감각도 없이 무심히 흘러가는 세월 속에서
결국 최후의 수단으로 회귀를 결심한 사령왕 카르나크!

충성스러운 심복, 데스 나이트 바로스와 함께
막 사령술에 입문한 때로 회귀하는 데 성공!
한 맺힌 먹방을 만끽하는 것도 잠시
뭔가 세상이…… 내가 알던 것과 좀 다르다?

세계의 절대 악은 아직 아무 짓도 하지 않았는데
멸망을 향해 미친 듯이 달려가는 이 세상
저 악의 축들을 저지해야 한다,
인간답게(!) 잘 먹고 잘 살기 위해서는!

꿈의 도약, 로크에서 하십시오
(주)로크미디어에서 신인 작가를 모십니다

즐거운 세상, 로크미디어는 꿈을 사랑하고 도전을 두려워하지 않는 작가 분들의 참신한 작품을 기다리고 있습니다. 21세기 장르 문학계를 이끌어 갈 차세대 선두 주자 (주)로크미디어에서 여러분의 나래를 활짝 펴 보시길 바랍니다.

모집 분야 판타지와 무협을 포함한 장르 문학
모집 대상 아마추어 작가, 인터넷 작가
모집 기한 수시 모집

작품 접수 시 유의 사항

1. 파일명은 작가명_작품명.hwp형식을 갖춰 주십시오.
1. 파일에 들어갈 내용은 다음과 같습니다.
   - 성명(필명인 경우 실명을 밝혀 주세요), 연락처, 이메일 주소
   - 제목, 기획 의도
   - A4용지 1장 분량의 등장인물 소개
   - A4용지 2장 분량의 전체 줄거리
   - 본문
1. 작품이 인터넷에 연재되고 있다면, 게시판명과 사이트의 구체적이고 정확한 주소를 기재해 주십시오.

선택된 작품은 정식 계약 후 출판물로 간행되어 전국 서점에 유통됩니다.
작가 분은 (주)로크미디어의 전폭적인 지원하에 전속 작가로 활동하시게 됩니다.
※ 자세한 내용은 로크미디어 홈페이지(rokmedia.com)를 참조하세요.

(04167)서울시 마포구 마포대로 45 일진빌딩 6층
(주)로크미디어 편집부 신간 기획 담당자 앞
전화 : 02) 3273 - 5135
www.rokmedia.com   이메일 : rokmedia@empas.com